覺醒練習

REALITY UNVEILED

揭開現實面紗，體驗一場科學與靈性的覺知之旅。

當你超越知覺束縛，接受萬物為一時，靈性的自我便自然顯現，
你的不完美、不成熟都包容於此，值得無條件的愛。

紀亞德・瑪斯里——著
賴柏任——譯

楓書坊

各界推薦

我從未讀過紀亞德．瑪斯里寫過的文章，我懷疑這個對我而言完全未知的人，他的學問是否深奧到可以改變我的人生、甚至整個世界。我的意思是，若真是如此，這不是件勁爆的事嗎？現在讀著這本書，我可以說這些話絕對是真的。我愛《覺醒練習》。作者紀亞德．瑪斯里的厲害之處在於用易讀及具說服力的方式來呈現學識，並且提出許多引人入勝的想法。這本書能夠輕鬆得到我們最高分的推薦。

——瑞．賽門斯，讀者的最愛（Readers' Favorite）

這本書一定可以改變你的生命，甚至全世界。

——讀者的最愛（Readers' Favorite）

我簡直無法放下這本書。這是我這輩子讀過最有影響力的書之一。

——莎茵．古內，無限地平線的播客（The Unlimited Horizon Podcast）

在《覺醒練習》這本書中，紀亞德．瑪斯里完美結合了科學及靈性，提供宇宙運行的連貫性說明，以真相達到共鳴，並解答我們心中最深奧難懂的問題。

——米倫．耐特，《新意識評論》雜誌（New Consciousness Review）發行人

這是件在我讀完很久以後，還一直無法跳脫出來的難得作品，迫使我重新思考並再次評估我學到了什麼，在主流社會中什麼是被普遍接受的。起初我不太確定會預期讀到什麼內容，但一旦我開始閱讀，我完全沉浸在作者帶領我去的旅程中。我感動得熱淚盈眶，我很訝異，也感到欣慰。故事的最後結局非常深刻。幫自己一個忙，讀讀這本書吧，並且不斷翻閱它。然後跟你的朋友及家人分享，他們會很感謝你的。

——安吉．莎莉斯柏瑞，《狗狗最知道》（Dogs Know Best）作者

我從60年代中期開始，已讀過無數的書，但沒有一本能和這本書相提並論。

——雷克斯．艾倫，《伊羅亞三部曲》（Eloah Trilogy）作者

「生命一定還有更多值得探索的。」

——給每一個感受到內心和思想呼喚的人

目錄

第2部　覺醒

〔前言〕

你尋找的東西也正在尋找你

你之所以挑選這本書是有原因的，或許你正在追尋個人的成功、蛻變，或是心靈的快樂、平靜與愛，不論你在尋找什麼，你尋找的就是真理。

你也許不認同這種說法，但這樣的追尋在你內心不曾停止，追尋的過程似乎永無止境，但請你別放棄，要保持希望，因為這不會是一個單向的尋求。就像偉大的伊斯蘭神祕主義（蘇菲派）詩人魯米（Rumi）所說的至理名言：「你尋找的東西也正在尋找你」（What you seek is seeking you.）。

讀完本書後，你會更清楚了解這個深刻的真理。那些在你心中始終無法獲得的解答、令你困惑不已的問題將迎刃而解；那些你一直希望成真、令人驚奇的真相也將不證自明。當你明白我們存在的使命以及存在的目的，每一個你曾經歷過的痛苦和掙扎，都變得合理且有意義。

我們每個人都有感到失落和困惑的時候，正當我們覺得已經釐清所有問題時，事情又接踵而至，生活變得一團糟。然而，即使生活一帆風順，我們也經常感到空虛、內心煩躁不安，在最快樂的時候仍覺得自己不完整。這種感覺有時細微到無法察覺，有時巨大到像裂開的縫，我們試圖用任何方法，例如金錢、成功、人際關係來填補它，但它卻像個無底洞似的永遠無法滿足。

人們感到強烈的疏離感，諷刺的是，我們藉由科技和社群媒體與外界的連結愈頻繁，疏離感愈強烈，包括我們和別人的關係、我們和自己的生活，甚至我們和我們自己都無法親近。世界也同樣呼應這種疏離，貧窮、暴力和毀滅鋪天蓋地得讓人無法承受。我們想知道這一切發生的意義何在，為什麼好像無論做什麼，永遠無法得到真正的快樂，也無法在生命的旅程中尋找到我們正追尋的東西。

但這趟追尋之旅終究不會徒勞無功，當我們真正準備好時它就會出現。我踏上了十五年的自我發現之旅，儘管這條路不輕鬆，但所謂「隧道盡頭的那道光」確實是存在的。

即使一路踉蹌、努力奮鬥，有時徹底感到絕望，但回首當初，我知道我所追尋的一直都在，而且默默地引導我向前。我發覺內心的縫隙之所以無法填補，不是它過於巨大，而是因為它是一種幻象，並非真的存在。

如果你願意敞開心胸和我一起踏上這段旅程，真理也同樣在等待著你。

開始轉變

我將這本書分成兩個部分。

第一部分帶領你們展開探險，沉浸在一個奇妙的世界裡，同時揭示這世界中每個令人驚奇的現象背後，支持它們的理論和依據。有些說法你可能已經熟知，但當你逐件審視它們，將這些不可思議的證據齊聚一起時，它們會成為一個強大的工具，幫助你蛻變。明白這個世界是如何運作在一個充滿活力和靈性的層面上，將大大提升你的意識，使你進入更高層次的運作，當感知的能力開始轉變時，你會發現自己正以全新的角度看待世界。

在這過程中，另外一個關鍵的部分在於整合。我們經常發現能夠徹底改變人生的知識，但它唯一的作用似乎只能讓我們在下一個打擊到來之前稍事休息，之後便永遠隱藏在心靈深處。我在這裡提供的，是一個結構緊密的銜接性框架，讓每個知識概念能夠互補並承先啟後，可以將複雜又支離破碎的難題整合在一起。有了這個架構，一切將變得更加清晰。你的人生、世界、宇宙，甚至自身的存在都開始有其意義。

第二部分，我們將實際應用這個框架，幫助自己轉化生命，可以將它視為第一部分所揭示的實用篇。第二部分的「覺醒練習」可以用來提升你的意識層次，並連結隱藏在內心的美及萬物存在的真實結構。最後，我會分享每天實施覺醒練習的經驗，證明它可以讓你深刻的轉化，將生活提升到更高的層次。

當一切滴水成河，你會明白現實世界背後的真相可以應用在日常生活中，幫助我們更平靜、快樂和得到真正的滿足，同時實現我們一直在追尋的人生目的。

識別真理的能力

在開始這趟人生的探索之旅前，我得讓你們知道，我並沒有宣稱自己知曉所有答案。我所分享的是自身對於終極真理的觀點，這是根據我自己（有時是非凡的）的人生體驗，以及對非主流科學和靈性廣泛研究後所領悟到的真理。因此，不可避免地有些部分會與你目前的信念背道而馳，以至於你無法接受它，這完全沒有關係，但請不要因此捨棄其他部分，請你把它當成接觸新事物般，擷取與你有共鳴的信念。即使你只接受了本書的一些觀念，它們仍然可以幫助你深刻地轉變。每個隱藏其下，未揭示的真實配上實際的應用，效果是非常強大的。就算你遇到一些你沒辦法馬上接受的真相，也一定要繼續閱讀，或許你會在後面的章節中，找到足夠改變你觀點的證據，也可能你一直在抗拒某個觀點，在另一個觀點上獲得領悟。無論如何，只要敞開心胸，繼續閱讀就會產生巨大的效益。

另一方面，我們也要考量的是，雖然你有識別的能力，不會只因為我（或其他人）說了什麼就任意接受，但你也願意全然敞開心胸地檢驗自身的信仰嗎？這同樣也很重要。想一想，它們真的是你自己的信念嗎？你曾經客觀地審視你周遭的世界後才接受它們嗎？或者，它們只是你在年輕時，由家長、老師和整個社會灌輸給你的觀念，讓你單純地相信它們是真的？坦白說，我們時常發現自己深信且顯而易見的事實，實際上是制約下的產物，而非經過自己識別且驗證過的真理。因此，當你在閱讀本書，遇見無法苟同之處時，建議你先暫停，並自問這個絕對真理是根據個人體驗，或只是因為你早就學過，且從未以相反的證據來反駁它，才會一直奉為圭臬。這種識別力的練習可以提升你的意識，幫助你更有自信地處理生活中的各種難題，而不是盲目地相信你心中無可辯駁的信念。

最後，我希望這本書能成為你與他人分享，並幫助他們轉化生活的一項資源。但請記住，這不是要你去嘗試說服別人你是對的，而他們是錯的。當我們需要說服他人相信我們的信念和世界觀時必須存有警惕之心。我們只能提供他們自己做決定的機會，而不是由我們來判斷或決定他們是否接受。

現在，回到主題，讓我們一起探索這個吸引人（往往是令人驚訝的）真實祕密，它將立即改變你的人生和你所生活的世界。

第 1 部

揭開現實的面紗

「你就是宇宙，正在探索自身的奧祕」

—艾倫．華茲

1 所謂的現實僅僅是幻象

「現實不過是一種幻象，儘管這幻象一直持續並揮之不去。」

——阿爾伯特．愛因斯坦

愛因斯坦是世界上最偉大的思想家之一，卻將現實描述為「不過是一種幻象」，對此你百思不解嗎？他是否想表達一些深奧的概念，或者只是一種隱喻呢？又或者，他其實在向我們揭示生命中最重大的祕密？

你將發現，有大量科學的證據證明我們用感官感知的現實，實際上是種極具說服力的幻象。就像威廉．莎士比亞的劇作獨白：「全世界就是一座舞臺，而所有的男人和女人都是其中的演員。」我們可以從字面上來理解莎士比亞這句眾所周知的名言，但以莎士比亞驚人的天賦，這句話所指的可能超越字面，表達的是背後隱藏的現實本質。因此，讓我們從日常生活開始，一窺大多數人在其中察覺的事物。

「眼見為憑」在知覺領域中所造成的誤導

生活上，所謂的「眼見為憑」是很合理的。以雙眼來觀看世界，似乎是證明現實確實存在的好方法。我們眼睛所見清楚地告訴我們，這個世界是真實且具體的。因此，不相信眼睛看不見的事物，看似更符合科學且合情合理。

然而，當我們了解眼睛的實際運作，才開始意識到這個世界可能比「我們所看到的」還要複雜許多。

當我們看著一個特定的區域，其實並不是看到所有存在的事物，而是電磁光譜中極小的頻率範圍，叫做「可見光」。如下圖1.1所示，有很多不同形式的能量是肉眼完全看不見的。它們存在於我們四周，占據同樣的空間和時間，可以使用

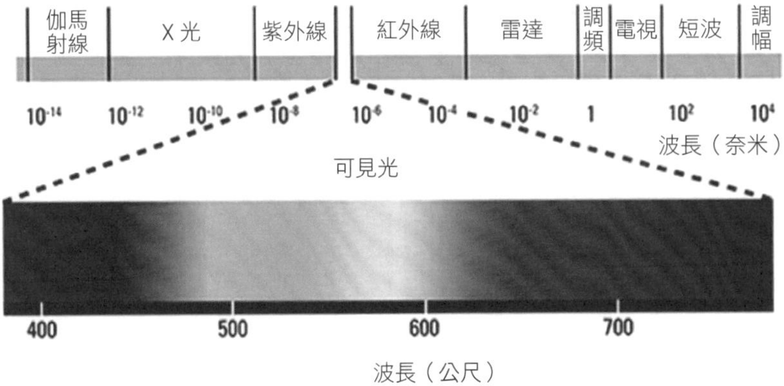

圖 1.1 ➲ 電磁光譜

科學儀器測量出來，但我們卻看不到。現在科學家們甚至表示這個**完整的**電磁光譜（其中，光只占極小部分），實際只代表宇宙所有能量的〇．〇〇五％。根據許多天文學家的說法，我們偵測到的「物質宇宙」甚至只占宇宙所有能量的四％而已[1]。

讓我們暫停一下思考這個事實背後的意義。它告訴我們，所有我們看到的物質存在，例如石頭、樹木、動物、人類、行星、恆星、整個銀河系等型態，只是根據天文學家發現「看不見的宇宙」所造成的重力效應下存在的極小部分。正確的說，至少九六％的「現實」是我們肉眼看不見的。我們察覺到這麼少，卻認為這已經是全部。

這代表什麼呢？這代表假如我們敞開心胸，去看待我們看不到的事物，那現實的定義就另當別論了。我們了解，目前幾乎我們所相信的那些「真實」，都來自於我們的感官，然而所謂的感官卻只能察覺到微乎其微的部分，我們開始質疑自己是否真的了解所有的存在。

當我們透過感官察覺到事物時，要對它提出質疑並不容易。從誕生的那天起，我們開始觀察周遭，這就是我們所認識的世界。而且可以無庸置疑地說，假如我們與其他數十億人毫無二致地以某種方式看待世界，那它一定就是這樣，不是嗎？

請先不要這麼快下結論，再思考一下。我、你們和所有數十億人的身體，都具有生物接收和傳送器的功能，透過我們的感官來解析世界，並為我們呈現「真實的樣貌」。但我們怎麼知道，這個身體向我們呈現的，是否只是無限下的有限事實？實際上，身體只能向我們呈現它被設計成要看到的內容，如同電腦的**程式設計**般。然而，我們卻一直嘗試用它來「證明」所有的一切。你發現這裡有邏輯上的錯誤嗎？

我們用只能呈現微小現實面的這件事情，來證明這個微小的現實面就是所有的全貌。因此，在繼續下面的內容之前，讓我們暫停並思考一下。

假如我們設計電腦程式來執行一小組數學函數，我們可以使用它的輸出值來證明它是所有的數學運算嗎？當然不行。身體也是一樣，它只看見它被設計成要看的事物。當我們透過眼睛看，我們沒有看到真實的全貌，而**僅僅是透過光的反射看見一部分並解析資訊**，對其他則視而不見。我們知道有無數「真實」存在的能量和頻率，但人類身體不能感知它們。例如，現在四周存在著無線電波和紫外線，但卻無法被人體察覺到。而且我們也已經發現，這些能量只是電磁光譜中的一小部分（其中，只有可見光是肉眼看得到的），它也可能只是全部存在能量的〇．〇〇五％。所以，人類實際察覺的現實是多麼有限啊！你的身體只能解讀目前存在物中的極小部分。你們將在本書後面了解到，**整個領域**都和我們共同生存在相同的「空間」裡，但我們卻無法透過感官來察覺它們。

在進入這個有趣的主題之前，我們先來談談量子物理這個怪異的科學，了解所謂的真實涵義。

科學革命

量子力學奠基人之一，以及一九二二年諾貝爾獎得主，尼爾斯·波耳（Niels Bohr）說：

「如果你沒有被量子力學所困惑，那就代表你對它的了解還不夠透澈。我們稱之為現實的事物，都是由不被視為現實的事物所構成。」

他的這番話也呼應了愛因斯坦的看法。

但這跟我們在校所學、而且多數人相信的科學有什麼關係？很可惜，關聯甚少。

如果深入了解，我們會發現主流科學難以解釋現實存在的真正本質。儘管如此，普羅大眾仍被灌輸主流科學的思維。那麼，我們就來探究量子物理這門新科學，了解它如何解釋這一塊。

第一場科學革命始於十六世紀，當時誕生了許多家喻戶曉的人物，例如哥白尼（Copernicus）、伽利略（Galileo）和牛頓（Newton）。這時期後來被稱為「古典物理」時期，將外在現實視為堅固、穩定、如機械般的可預測行為。

學校現在仍教授這樣的科學觀念，因為它能正確無誤地解釋肉眼可見的物質世界，因此很多人認為這是我們能奉為圭臬的唯一一門科學。但在檢視次原子世界時，我們發現徹底**衝擊**到古典物理的定律。

簡而言之，在次原子世界中，以一般的科學認知來說，完全不該發生的事情，突然間以驚人的規律發生了。因此在二十世紀，尼爾斯．波耳和愛因斯坦，以及歐文．薛丁格（Erwin Schrodinger）、馬克斯．普朗克（Max Planck）、戴維．玻姆（David Bohm）等許多物理學家，開始研究次原子粒子的微小世界時，對實驗的發現驚奇不已。

其中一項最驚人的發現，就是所謂粒子的「二元性」。古典物理告訴我們，粒子（例如電子或光子）很堅硬，作用方式很像微小的大理石。但是，量子物理學家設計了現在著名的雙狹縫實驗（double-slit experiment）[2]來研究粒子行為時，他們對實驗結果感到非常困惑。

總結來說，實驗過程將電子一粒接著一粒發射到有兩個狹縫的牆上，接著觀察粒子在另一端呈現出的圖樣。根據古典物理原則，照理來說，很堅硬的電子穿過雙縫後，應該也會呈現出兩條直線，如圖1.2。

奇怪的是，實驗結果並非如此，粒子在另一端並沒有形成兩條直線，而是出現如圖1.3所示的干涉圖樣（interference pattern）。

根據古典物理學，只有將**波**，而不是粒子發射到牆壁上時，才會產生

圖 1.2 ➲ 雙狹縫實驗的預期結果

這種干涉圖樣，如圖1.4所示。當兩個波峰重疊時，振幅相互疊加而增強。當兩個波谷重疊時，就相互抵消。

但是，一次發射單一電子為何也會產生像發射波一樣的干涉圖樣呢？

精密的數學分析顯示，同一電子不僅同時穿過兩個狹縫，而且也可能不穿過兩個狹縫，而只穿過右側，或左側狹縫。很顯然，這樣的結果毫無意義，這就是為什麼實驗反而讓科學家們感到困惑不解。

為了揭開這個看似不可能的數學和物理學的神祕現象，他們決定設立一個測量裝置，以了解每個粒子穿過狹縫的實際狀況。圖1.5顯示了這個令

圖 1.3 ➲ 實際觀察雙狹縫實驗的結果

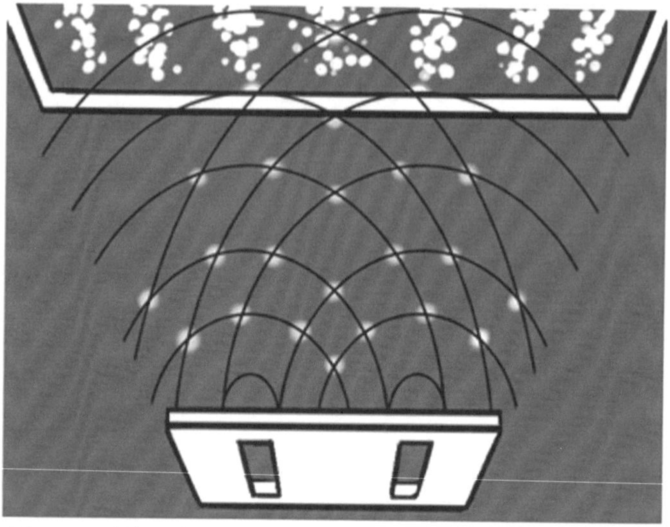

圖 1.4 ➲ 波的干涉圖樣

圖 1.5 ➲ 在雙狹縫實驗中，使用測量裝置觀察的結果。

人困惑的結果。

以測量裝置來觀察電子的運行時，突然它們又像粒子一樣，失去了它們的波性！電子不可能有意識地知道正在被觀察，在那一刻選擇表現得像我們所期望的，但這確實是顯示出來的結果。

就這樣，科學家們投入研究量子物理學的怪異世界，並了解到它是完全不同於牛頓物理學那樣的簡單化和機械化。我們發現據稱是固體、無生命的粒子實際上以非固體的潛在波動存在著，並且根據它們與意識的相互作用，而有了瞬間的物質存在。

所以，這代表了什麼？為什麼原本實體的粒子會這樣，以不同的物理現實瞬間存在著，完全推翻古典物理的說法呢？

人生虛幻、空忙一場：物質世界的非物質性

深入研究量子物理學，你將得出必然的結論——實體粒子會以如此怪異的方式運行，是因為它們完全**不是**實體的。

我們知道宇宙中的一切都是由原子組成，原子具有大原子核，電子繞著原子核在

穩定的軌道中旋轉。但是，當量子物理學家仔細觀察時，他們發現實際上並**沒有**真正存在的東西。事實上，他們發現九九．九九九九九九九九九九九六％的原子是空心的[3]。原子的核心可能是扎實的，但因為無限小而無法看到。其餘的基本上是實體的空洞。這就像看著一個隱形的、如龍捲風般的能量漩渦，無限微小的粒子可能瞬間出現，然後又消失，整體像一團煙一樣沒有實體。它實際上無法觸及，因為事實證明，中間是沒有任何東西存在的。

曾經有人估計過，如果將地球上全部七十億人口連結的原子中間所有空白空間移除，整個人類就可以塞入**一顆方糖**中[4]。實體世界諸多驚奇事物，如果這不會讓你感到驚嘆，那還有什麼可以呢？

如果宇宙中存在極少量的「固體」物質，為什麼對我們來說，一切看起來和感覺起來都如此千真萬確且具體？

我們的感官讓我們感覺一切都是具體的。現在拿起一塊石頭，試著去理解它實際上不是實心而是空洞的，這很難想像吧！祕密就在於圍繞原子的靜電場（也就是，圍繞原子核的電子雲）。當兩個原子靠近時，它們的電子雲互相排斥，因此原子核從未實際接觸。但是，當你手裡拿著那塊石頭，**感覺**到它很堅固，好像你正在觸摸它。實際上，你感受到的是靜電排斥的感覺，因為你手的原子碰觸到石頭原子的一億分之一厘米[5]。

每當你「觸摸」任何看似堅固的物體時，你並**沒有**觸摸到任何具體的事物。例如，你手上拿著這本書正在閱讀，實際上卻沒有觸摸到書，而是非實體的、如龍捲風般的原子雲在難以想像的微小距離上彼此排斥，讓你有了觸摸固體物的幻覺。這種觸摸到固體物的感覺，全是因為原子間靜電排斥所產生的結果。事實上，當你坐著時，你甚至都沒有碰觸到你坐的椅子，而是浮在一億分之一厘米之上，由於椅子的原子和你身體的原子之間彼此排斥，你才感覺像坐在堅固的椅子上。

純粹就視力而言，一切物體**看起來**都絕對具體堅固，但我們正在討論一個這麼小的原子世界，你需要高度精密的顯微鏡才能看到它。因此，無論如何也難以相信非固體能量雲是因為具有將它們組合在一起的磁力，才能夠如此緊密地聚集，使它**看**起來就像一個堅固而具體的物體（如人體或岩石）。但這只不過是一種非常具有說服力的**幻象**罷了。

所以，現在我們再回到愛因斯坦，了解為什麼（還有許多其他科學上的原因）他宣稱現實只是一種幻象。他說的完全是事實，**現在**也證實現實是沒有實體的。我們以及宇宙中的其他一切實際上不具有任何實體的結構。

我們即將了解，這是一個令人信服的幻象，這幻象從完全超脫時間和空間的「維度」投射而出。

2 意識改變了一切

「我將意識視為一切的根源。我將物質視為意識的衍生物，意識是我們的本源。我們所談論的一切，我們視為存在的一切，都是源自於意識。」

——馬克斯・普朗克

概括到目前我們所論述的，非主流現代科學告訴我們：

根據我們身體的生物接收器／傳送器所建構，我們看不見存在於宇宙的大部分物體（它們在我們身邊，甚至和我們占據一樣的「空間」）——也就是說，身體特定的設計只能讓我們看見和體驗到現實的微小層面，對其他一切則完全視而不見。

我們所看見和觸摸的一切，都非眼睛所看見的那樣，即使觀察至最小的層次都不具固體性。相反地，物質看似同時以能量波和固體粒子的形態存在，不斷瞬間出現又瞬間消失，速度之快難以偵測。

現在，當你整合上述這兩個事實，我們會了解到有個概念將完全瓦解，就是我們觀察到事物**分離**的客觀現實，從所有科學結論來看，「分離」是最大的幻象。量子物理學家發現（同樣令他們感到驚訝）一切萬物都交叉貫穿**一個事物**，只是看起來像多個分離的個體。

萬物如一，一即一切

眾所周知，依據所有物質都具有二元性的概念，看似是固體的粒子（儘管從來就不是固體的）也可以是能量波，那麼試想波是在哪裡結束，而下一個波又從哪裡開始呢？

阿倫·沃茨（Alan Watts）是二十世紀中期英國當代哲學家，或許他的說明最貼切。他提到：「你們和我，還有物理宇宙是相互包容，密切關聯的，就像波浪和海洋的關係。」

海洋在這裡是譬喻，以幫助我們了解。我們看得見海浪似乎是分離的，甚至可以辨認出這個海浪與那個海浪之間不太相同，然而，我們可以因此說它們是分離的嗎？

我們可以劃分一個波浪結束的止點和開始的起點嗎?難道它們不是海洋的一部分且無法分開,彼此融為一體嗎?相比於石頭、樹、動物和人,水是持續流動的液體,因此能夠清晰地觀察,但我們知道眼睛是會誤導我們的。我們所看見堅固且分離的事物並不是真的如此,而是宇宙能量裡看似分離的能量波,又稱為「量子場域」。

這種量子場域,在物質現實裡正是所有萬物的起源。它又稱為「源場」(source field)、「超弦理論場」(superstring field)和「統一場論」(unified field),本質上都是指相同的東西:看似堅固物質世界的起源地,也是它所在之處。

因此,萬物都交叉貫穿一個事物——巨大的能量坍塌成看似分離的個體,就是我們所謂的星星、行星、動物、樹木和人類,這些都是來自純粹的能量所造成的暫時**幻象**,看起來具體且分離,但實際上彼此是一體的。假如我們能改變大腦解析資訊的方式,就不會看到分離的人、建築物和群山,而是看見互相連結的能量波以不同的頻率振動,類似電影《駭客任務》(*The Matrix*)中,尼歐開始以電腦密碼看見真實世界。有報告指出,少數人在出生時[6],頭腦有不同的連接構造,能夠讓他們將世界視為持續且互相連結的能量波,而不是它外表看起來的那樣分離。

知覺是束縛我們的牢籠

知覺是極具說服力的，因此很難去挑戰它的一切。但要了解現實的真正本質，關鍵就是必須意識到，知覺其實是束縛我們的牢籠。歌德（Goethe）是歷史上偉大的思想家，他很有智慧地指出「最佳的奴隸就是自認為是自由的人。」

然而，這就是大多數人的狀況，我們受制於自身的知覺，卻認為它們讓我們自由地看到現實真貌。只有當我們真正面對且了解到，知覺只能呈現它如**程式設計**般的樣貌，我們才能超越五官的限制，邁向終極現實。

什麼是終極現實？人類最偉大的天才和發明家之一，尼古拉·特斯拉（Nikola Tesla）提供了線索，他說：「假如你想知道宇宙的祕密，請從能量、頻率和振動的角度來思考。」

儘管下一章我們將討論到精神及心靈的部分，但在「實體」上，終極現實就是一切萬物全是純粹的能量。容我再強調一次，這件事可能很難理解，因為萬物看起來是如此具體，而且我們無法實際**看見**這個能量。但我們必須記住，我們不能用「感官的牢籠」（也就是人體）來判定它背後的存在之物。

請不要誤會，我不是指身體絕對是錯的或有缺點的。身體會如此設計一定有特定的理由，我們也將在後面的章節討論到。我要說的是，假如我們完全信任五感，無拘無束地運用知覺，反而會變成極度受制於知覺的囚犯。

超越分離的幻象

逃離知覺束縛的方法，就是不管你的感官告訴你一切多麼真實，都要擺脫分離的概念，並根據更多現代科學（及古老的靈性，還有我們接下來章節提到的）告訴我們的現實本質上去思考。基本上可以歸納為一個概念：合一性、整體性。萬物都是連貫的、萬物都是一體的，而分離是真正的幻象。

其實，阿爾伯特·愛因斯坦留下最有名的方程式就是最確鑿無誤的證明：$E = mc^2$。大部分的人都聽過這個方程式，但它真正的意思是什麼？非常簡單，指物質和能量實際上是一體且相同的。

歷史上最偉大的天才之一所提的證明和驗證告訴我們，一切物質**都是**能量。不是物質有能量，而是所有物質**都是**能量。假如所有物質都是能量，那它就是不能分離的。

能量沒有分離的始點和止點。就像海洋的波浪，它們都是連結一體的。唯一會改變的是它振動的比率——也就是頻率。這不就是我們這個時代另外一個天才尼古拉．特斯拉所告訴我們的？他要求我們以「能量、頻率和振動的角度來思考」？

希望你們現在都明白了，以上的論述都是前後一致，非常合理的。我們了解這些方程式，而且我們聽過大師的引言，但我們很少將它們整合在一起，並了解真正的涵義。我們也很少想過它**實際上要告訴我們什麼**，但答案就在我們眼前。我們存在的世界只不過是知覺的幻象。其實，我們就在電影《駭客任務》裡面卻完全沒有意識到。只有當我們將所有的證據整合在一起，我們才能獲得現實本質的清楚樣貌。

從日常生活中擷取的證據

目前為止，我們都是從純科學的角度進行討論，非科學家可能很難與我們有真正的共鳴。但是，很多科學證據是不需要博士文憑就能理解的。事實上，這些證據和我們大部分的人都有切身關聯，更是言之確鑿。

眾人的冥想轉化了現實

在大衛・威爾科克（David Wilcock）極好的一本著作《源場：超自然關鍵報告》（*The Source Field Investigations: The Hidden Science and Lost Civilizations Behind the 2012 Prophecies*）裡[7]，他舉出一個令我印象特別深刻的重要研究。

一九七八年，科學家對七千名冥想專家進行一項科學對照研究。這群人一起進行三個禮拜的禪修冥想，專注在愛與和平。令人難以置信的，人們發現這段時間**全球**的犯罪率明顯下降十六％。自殺率和汽車交通事故也減少。最讓人震驚的，全球恐怖主義活動平均下降了七二％。

想想這件事，只有七千人就可以減少全球犯罪、自殺、交通事故和恐怖主義的發生率，更驚人的是他們僅用心智就做到了！請記住，這是一個科學對照研究，已考量到所有可能的可變因素，包括天氣、假期、全球事件和其他可能造成此類下滑的原因，並將它們排除在外。跟其他時間比較，除了這七千位冥想者在這三個禮拜間持續關注愛與世界和平，並沒有其他明顯不同的活動。

現在你應該知道為什麼這是可能的：分離是一種幻象。雖然我們每一個人看似分離的個體，而且有各自的想法，但這完全是錯誤的。不要被知覺誤導，事實上，我們是人類大海中的波浪，以一種基本能量互相連結。

當我們齊心冥想或祈禱時，可以創造所謂的「能量的凝聚力」。我們在第一章觀察波的行為（見圖1.4），並且注意到科學家如何觀察此現象，不管是海洋的波浪或能量波的凝聚力，都能創造大振幅的波，缺少它則會產生抵消效應。這七千位冥想者可以形成思想和情緒的凝聚力，它像物質一樣都是能量，因此能在巨大的宇宙能量中創造出巨大的能量波。雖然這個世界上的其他人完全沒有意識到冥想者，但也會直接受到此能量的影響，因為這就是生命的來源——他們本身是這個能量的一部分，和其他人是一體的。

即使還不完全清楚這個現象的機制，我們仍可以獲得必然的結論，現實不是和外表所看見的一樣。古典物理學一直引導我們相信萬物都是分離的，除非施加外力，否則我們無法改變什麼（這是我們在學校裡學到的，而且目前多半還是如此教導）。這個實驗徹底擊垮傳統現實，因為如果根據古典科學的說法，很明顯眾人冥想時所發生的事應該不可能發生。然而它發生了。這就是因為分離是幻象，現實的真相是一切事物都交叉貫穿於一個事物——亦即能量場域，雖然它看似是許多實體物質。

同樣要注意的是，這個實驗不是一次性的。有數百件像這樣的實驗以不同的規模進行，實驗的結果意義都一致；與我們曾被教導的相違背，我們一次又一次發現不應該發生的事情在我們生活的世界下發生。

然而，你認為只有人類是由相同的基本能量所連結嗎？這可有待商榷。

水會直接回應我們的思想和語言

我們都學過水是無生命的元素，是和我們分離存在的物質，只有經過機器或化學處理才會有所改變。然而一九九〇年代中期，日本科學家江本勝博士（Dr. Masaru Emoto）決定了解思想、語言和音樂是否會對水產生影響。他的非主流做法受到某些西方科學家和懷疑者的批評，但如我們先前所說，任何威脅到主流科學觀點的人都可能遭受攻擊，並面臨敗壞名聲的挑戰。因此我們必須有所警惕，先不要太快放棄。

江本勝博士的方法包括：

- 對水展示字詞
- 對水展示圖片

- 對水彈奏音樂
- 對水祈禱

之後，他將水凝固，接著在顯微鏡下觀察凝固的晶體。現在，如果你告訴大多數人你要展示字詞或圖片給水看，他們可能會覺得你瘋了。但江本勝博士的發現卻非常驚人。

字詞和水

以下的圖片顯示字詞對水產生的影響：

請注意我們這裡看到的圖像。它們都是**相同的**水，只是顯示的字詞不同，在分析這個令人震驚的結果之前，我們先繼續看江本勝博士下一組的研究結果。

圖 2.1 ➲ 在對水顯示字詞「謝謝」後的凝固水晶體。

音樂和水

以下的兩張圖片顯示特別的音樂對水結晶體的影響。

請注意，藍儂的歌曲〈想像〉是有關和平、和諧和愛，而貓王的〈傷心旅館〉很明顯是關於負面性的主題。

祈禱和水

以下的圖顯示了

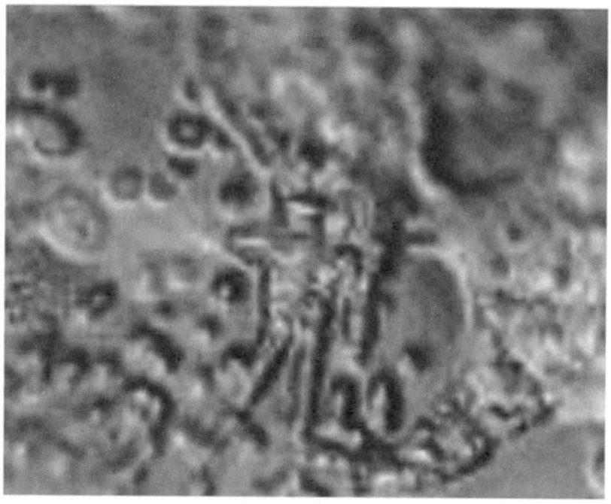

圖 2.2 ➲ 在對水顯示字詞「你令我討厭」後的凝固水晶體。

圖 2.3 ➲ 在對水顯示字詞「真實」後的凝固水晶體。

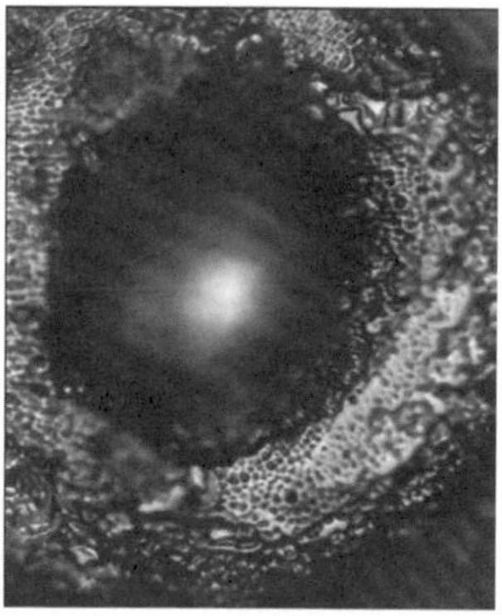

圖 2.4 ➲ 在對水顯示字詞「邪惡」後的凝固水晶體。

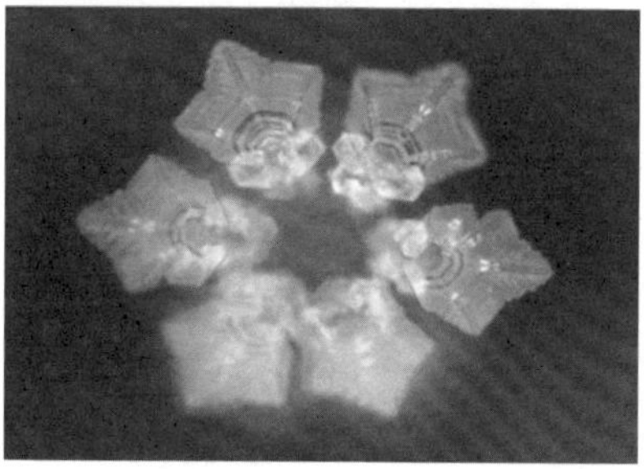

圖 2.5 ➲ 在聽過約翰·藍儂的〈想像〉後的凝固水晶體。

對水禱告所產生的影響。圖2.7顯示的是從日本水庫取出的髒水，而它的凝固水晶體看起來是不對稱的（我們甚至會說它是醜陋的）。但水在經過佛教徒祈禱再冷凍後，晶體呈現出不可思議的對稱性圖案，如圖2.8所示。

這裡先稍停片刻。我們人類是有邏輯和理性的，知道無生命的物體和元素不會根據思想和語言來改變它們的形式。這個理論在牛頓版的世界是不可能被接受的，水應該是和我們分離而存在的，它不應該有生命且單獨存在，也無法像人類一樣對思想和字詞有所回應。然而現在，證據是如此顯見，水**真的**有反應。

事實上，水透過改變它的結構來反映出字詞和思想的**能量**，它的回應比我們任何人想像的更直接和出色，甚至我們認為非實體、虛無的字詞與思想，和其他萬物一樣都是相同的能量。

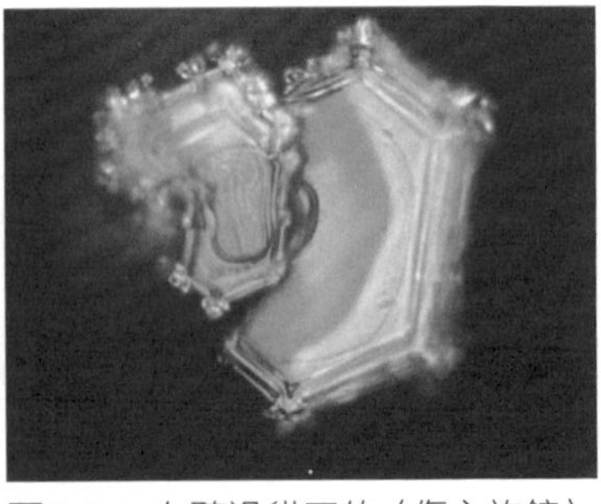

圖 2.6 ⊃ 在聽過貓王的〈傷心旅館〉後的凝固水晶體。

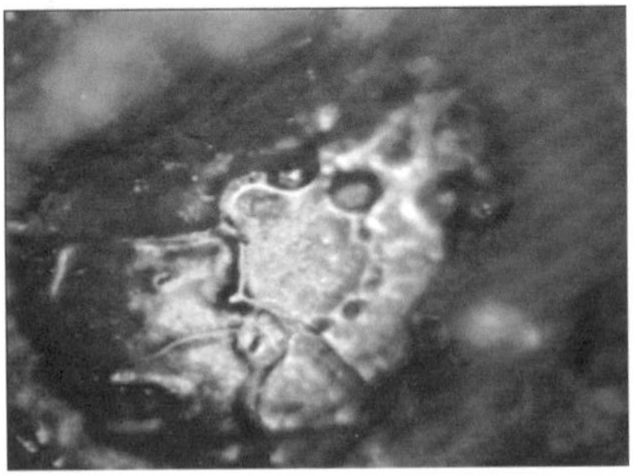

圖 2.7 ⊃ 祈禱前，水庫水的凝固晶體。

以下是水在聽過馬丁·路德·金恩博士在一九六三年的演講「我有一個夢想」後的直接反應，它產生一個既複雜又漂亮的圖案！

現在我們已經看見更多直接的證據，顯示**萬物**都是一體的能量，只是呈現出許多不同且分離的個體，隱藏在幻象的表面下。

現在，這種信念已經深植於心，同時我們也掙脫了知覺的束縛，讓我們再大膽地繼續探討靈性和有形實體的整合，你即將看到，它們仍是一體的兩面。

圖 2.8 ➲ 聽過祈禱後，水庫水的凝固晶體。

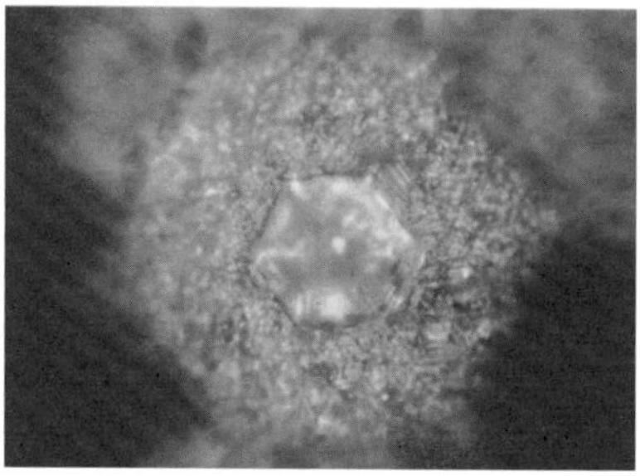

圖 2.9 ➲ 在播放馬丁·路德·金恩博士的演講後，水庫水的凝固晶體。

3 科學與靈性的邂逅

「忘了它，並接受無可爭議的結論。宇宙是非物質的——是心智的、靈性的。」

——理查德・康恩・亨利

十九世紀的德國哲學家亞瑟・叔本華（Arthur Schopenhauer）表示，所有真理都經歷了三個不同的階段。首先，它被嘲笑。第二，它遭遇強烈的反對。第三，它不證自明，並獲得肯定。

在人們普遍認為地球是平的時候，有科學家提出地球是圓的概念，一開始他們被嘲笑。人們認為任何支持這個想法的人天真，甚至瘋狂。然而，當更多科學證據出現時，卻興起強烈的反對聲浪。持有這種「瘋狂」信念的人遭受攻擊而喪生，因為它已經嚴重威脅到人們的信仰，光是嘲笑不夠，必須惡意攻擊才能讓人們舒適地安於現狀。

當然，真相也就只好擱置，但最終地球是圓的事實還是不證自明，漸漸被大家所接受。

如今有關現實的終極本質，也正在經歷相同的階段。正如前面章節所討論的，物質世界與我們認為的完全不同——從各方面來看它都是一種幻象。但即使現代科學家一再證明這點，仍然遭到嘲笑和激烈反對，正如物理學家提姆．福爾吉（Tim Folger）在他的文章〈Quantum Shmantum〉中，所描述的：

「儘管量子理論是以非常成功的經驗為依據，它所提出對自然的真實定義還是被認為不夠嚴謹、無法理解，甚至是令人憤怒[8]。」

然而，十年、二十年或五十年後，人們可能會回顧人類歷史上的這段時期，無法相信我們怎麼會拒絕接受這個明顯的事實，就像我們當初拒絕相信地球是圓的一樣。

值得注意的是，我們的感官清楚地告訴我們地球是**平**的。因為我們看不到地球的曲度，可能也永遠無法從太空中親眼「看到」它實際上是圓的。因此我們之所以知道，是根據直接觀察和科學證明而來。我們了解，如果朝著一個方向行走，並繼續前進，最終會回到原點。正因為如此，儘管感知告訴我們再想想，我們還是可以**推斷**出地球是圓的這個事實。因此，我們是可以用證據來超越感知侷限性的生物。

回到現實的本質這個主題，其實證據就在身邊，如果我們願意擺脫知覺限制和有限信仰的拘束，這些證據就足以推斷物理領域的真實本質是靈性的，而這也是下面即將要討論的。只要敞開心胸，並願意放下我們一直以來完全信任卻嚴重受限的感官和察覺力就可以，問題在於，你是否願意接受迄今為止，你曾經認同且過時的真相，被更真切的真實所取代？

因為以下的概念有可能進一步挑戰你長期奉為圭臬的信念，所以我才問這個問題。在這一刻，重要的是敞開心胸，勇敢地質疑我們在學校所學到的，以及一直以來視為絕對真理的事情。

無限的智能和宇宙的心智

正如我們所知，這個時代的許多天才科學家已經發現物理的本質，而且正累積大量的證據，能夠推斷出**靈性**的真貌。

許多人將靈性貶低為個人信念或特定的宗教教義，並認為這完全是個人的事情，不容他人置喙。在這裡我不是要任何人改變信念，但盲目的信仰會使我們失去自信，容易受到他人控制。

開始討論現代非主流科學的靈性，並研究以經驗為基礎的證據是很有意義的。如果在提出所有證據後，我們仍然選擇堅持我們的信念（它們通常只是在年輕時就灌輸給我們，沒有經過自身識別的部分），那麼至少那些信念不再是盲目接受的教條或規則，而是我們共同的心智，換句話說，是身為有自信的個人**選擇**接受、經過自我識別的個人真理。

有智慧的造物主

因此，讓我們看一下偉大的物理學家馬克斯．普朗克所描述的「有意識、有智慧的心智存在」，然後深入研究更多經驗的證據以支持這種說法。

「所有物質的起源和存在，都是藉由原子粒子振動產生的能量。我必須假設能量背後存在著有意識、有智慧的心智。這個心智是所有物質的來源[9]。」

如果我們研究這個引言，將會注意到，普朗克不只是提到意識是物質背後的力量（因為許多人確實認為宇宙中有一個聰明的造物主，因此我們大多數人都可以接受這種說法）。他還提到全知的意識**就是**物質。也就是說，分離的幻象不僅存在於所有物質之間，還存在於**所有物質和它的造物主之間**。

這是各個時代偉大的大師們和證悟者都呼應的靈性原則。事實上，我們和造物主是一體的，因為我們是無限意識中不可分離的一部分，它不僅產生物理上的實體，還組成了它的結構。我們在前兩章中所看到的，組成存在結構的能量，只是非實體意識的實體顯現，它創造了所有一切並維持了它的存在。

否則，我們要怎麼解釋，水遇到思想和文字的能量做出反應時會改變其結構？我們又怎麼解釋電子會因為是否正被觀察而改變其行為？有時看似是堅固的粒子，有時又是能量波？根據我們一直相信的主流科學及大多數宗教聖典的**錯誤詮釋**，獨立且分離的造物主創造了宇宙，其中存在著生物和無生命的物體，而且無生命的物體是不會對生物的思想有反應的。

然而，這一切是否是因為我們對生命的定義過於狹窄？如果**萬物**都有生命，而且都是造物主的意識能量所構成的，換句話說，如果一切**萬物**都有覺知力，水有覺知力，電子也有覺知力的話會如何呢？當然，它們不像人類一樣有推理能力，但從存在的基本層面來看是有覺知力的，它們有滿滿的意識——普世通用的意識。

現在，我們要回到約翰．霍普金斯大學物理學和天文學教授，理查德．康恩．亨利（Richard Conn Henry）所說的：「忘了它，並接受無可爭議的結論。宇宙是非物質的——是心智的、靈性的[10]。」

請記住，這是出自一位科學家之口。長期以來人們一直認為他們不相信靈性。然而，愈來愈多的科學家被迫接受這個必然的結論，即萬物都有心智力、萬物都有覺知力；從根本上講，一切都是有靈性的。萬物雖然看起來似乎很多個，但都交互貫穿一個心智。實際上，只有一個宇宙共同的智能，以各自分離的狀態存在，顯現出來的是**看似**有生命和無生命的物質。正如愛因斯坦提醒我們的，這只是一種令人非常信服的幻象。

萬物都是有生命的：科學上的證據

儘管目前為止，我已經提出所有的證據，如果你還認為這只是理論或新時代的哲學，那麼再思考一下。事實上，有大量的科學證據可以證明萬物都是有意識、有生命且有覺知力的，**並**與其他一切親密連結，它們以客觀的現實存在著，更像是互相連結、有意識的生物，而不是分離而獨特的個體獨立於造物主之外。

大衛．威爾科克在他的《源場：超自然關鍵報告》[7] 一書中，收集了數百個科學實驗，它們在科學史上已經由許多科學家成功證明，並將它們整合在一個有銜接性的框架中，以顯示它們是如何互相融合並彼此支持，雖然沒有獲得重視。

也許我們將自己的信仰體系奉為真理的原因，是因為所接觸的證據都缺乏銜接性和邏輯性，來真正促使我們重新思考。我們可能在不同的地方聽到有趣的事、令人驚訝的奇聞軼事，偶爾也會聽到神祕未解的事件，我們可能暫停並思考研究一下，但不久之後就會忘記，繼續過正常生活，並抱持和從前一樣的世界觀。

因為我自己曾經經歷以上的狀況，所以我知道。我偶爾聽聞在本書中討論的許多非正統主題，但直到我深入研究所有內容，將它們拼湊成有銜接性的整體，了解事件的每個環節是如何地環環相扣（互補／互相驗證），它對我的世界觀和生活哲學才會產生持久和深刻的影響。

有鑑於此，讓我們繼續深入研究更多奇妙的證據，了解有生命、有意識的宇宙，一切都是互相連結的。

植物正在傾聽

克利夫．巴克斯特（Cleve Backster）博士是美國中央情報局（CIA）的審訊專家，也是《本能感知》（*Primary Perception*）一書的作者。在書中，他闡述了對植物、食物細胞、細菌和人體細胞，進行了三十多年研究的成果[11]。

以下是他研究結果的總結。一九六六年二月，巴克斯特將植物連接到測謊儀，想知道會發生什麼事。他原本認為植物會表現水平直線的電活動模式，但是他驚訝地觀察到，它的模式「類似於受測者是人類時的典型反應模式，好像曾經短暫經歷過對檢測的恐懼。」

這令他吃驚，因此他決定研究能否能讓植物產生恐懼**反應**，就像問被測謊者一個會令他感到焦慮的問題時，所能得到的反應一樣。他第一次將植物連接到測謊儀約14分鐘後，他想到用火柴去燃燒植物的葉子。結果接下來發生的事令人震驚，迫使我們重新思考對世界所知的一切。

即使他距離植物大約16英尺（五公尺），他只是**想到**要燃燒植物，**那一刻**，測謊儀圖表突然像失控一樣，顯示出植物有強烈的**焦慮感**。

巴克斯特**只是想到**燃燒植物。他什麼都沒說，沒有接觸到植物，也沒有點燃火柴。除了巴克斯特腦海裡閃過燃燒植物的念頭，房間裡沒有任何變化。但正如儀器上的電活動模式顯示，**它可以聽到他的想法**。

當然實際上植物聽不到，重點是它可以透過思想接收訊息，這與我們在本書中討論到的新物理學——能量的存在一樣真實。如果植物能夠接受思想能量，並將它轉譯，然後以恐懼和焦慮來反應，那麼就意味著植物是有**意識**的。

事實上，當巴克斯特離開房間去拿火柴，加強他燃燒植物的意圖時，植物仍處於恐慌模式，電活動的波峰急遽上揚。當他點燃火柴時，測謊儀還出現另一個尖峰。直到他將火柴送回祕書的桌上後，圖表才恢復正常、平靜的電活動模式。

現在問題來了，一個「沒有心智」的植物如何能瞬間對一個人的想法產生反應？答案是不可能。但正如我們一直在討論的，事實上植物是有心智的。我不是說植物有**大腦**。我們一直認為大腦是產生思想的東西，然而我們稍後會探討到，大腦並非產生思想的源頭，只不過是由非實體的心智所**使用**的身體解碼器／傳送器。

那麼，心智是什麼？它是我們一直在談論的「意識」。透過植物可以接受思想並有所反應的事實證明，它與我們一樣，也是宇宙意識的一部分。它可能沒有像我們一樣具有會思考和推理的大腦，然而，它是有意識、有覺知力的，和我們充滿覺知力的意識互相連結。我們與植物，或任何其他元素、動物之間的唯一區別，是我們的自我認知和推理能力，這是它們普遍缺少的。但正如科學結果所示，**萬物**都是有意識且有覺知的，雖然和我們一直被教導要相信的截然不同。

事實上，巴克斯特並不是唯一一個用植物進行過實驗的人。如果你想了解更多這個引人入勝的主題，並相信我們一直在討論的，我建議閱讀彼得・湯普金斯（Peter Tompkins）和克里斯托弗・伯德（Christopher Bird）所著的《植物的祕密生命：植物與人之間的身體，情感和精神關係的有趣故事》（*The Secret Life of Plants: A Fascinating Account of the Physical, Emotional and Spiritual Relations Between Plants and Man*）[12]。從書名就能想像，這本書可能徹底改變我們對共同住在地球的其他生物之想法，它們實際上是這麼有覺知力，並且和我們親密連結。

但這項奇妙的研究並不止於此。正如量子物理學家預測的那樣，事實證明，你能想到的萬物都是有意識和覺知的。

其他萬物也有傾聽能力

巴克斯特博士並不只是以植物做實驗，其他東西實驗出的結果也同樣令人驚嘆。他將一顆普通雞蛋連接到測謊儀，再次發現它顯示的電活動模式類似於測量人類心跳時所顯示的模式。然而，接下來的發現更驚人，當他拿起放在機器旁邊的雞蛋，並將它們放入沸水時，正連接在機器上研究的雞蛋圖表瘋狂地波動，好像在尖叫一樣，只因為他正要煮其他雞蛋。

巴克斯特博士以最嚴格的科學標準進行這些實驗，將研究的蛋放置在用鉛製作襯裡的盒子內，不讓電磁場進入，但卻一遍又一遍觀察到這些結果——也就是說，在雞蛋的電活動中，沒有受到任何外部能量的干擾。

再思考一下。沒有電磁能量可以進入放雞蛋的鉛盒，然而每次將另一顆雞蛋放入沸水中時，**仍然**顯示出大量且一致的電能尖峰。雞蛋如何「知道」另一顆雞蛋正被沸水煮呢？它並沒有大腦，且一般來說大家都不認為雞蛋是活的，即使它是，那麼當它被單獨裝在盒子內，並和所有電磁能量及「外部」世界完全隔絕時，它如何接收到這些訊息呢？

再深入思考，我們必然會得到以下結論：原本無生命的雞蛋其實不僅完全有意識、有覺知力，根本上以很大的能量與整個環境連結，超越了電磁光譜，進入了看不見和未被偵測到的能量。正如偉大的物理學家馬克斯．普朗克所說，這種能量**是**「有意識和智慧的心智，是所有物質的本源」。

而且，這種特殊反應並不是只發生在雞蛋上。當巴克斯特博士用優格、蔬菜、水果、動物的生肉細胞等進行嚴格控制的（可複製的）科學實驗時，他發現他們在烹煮或吃附近的其他東西時，電活動也顯示出同樣的焦慮尖峰。如果你認為這只適用於「有生命」的物質，那麼你只需要回顧第二章中的水實驗結論，即使是完全「無生命」的元素，也會對我們的思想能量產生類似的反應。

巴克斯特博士還有更有趣的實驗。大衛．威爾科克提到巴克斯特博士告訴他，如果你對著食物禱告，感激它並感受到愛，那麼它就會誠心地奉獻給你，測謊儀圖表上強烈的電反應也就**消失**了。

這讓宗教和靈性教義教導我們的飯前禱告，有了新的科學亮點。大多數人，特別是遵循靈性或宗教教義的人，可能進行飯前禱告，因為他們相信應該感謝造物主所賜予他們的，而創造物主是獨立和外在的。然而，科學證據有了更深一層的詮釋。我們不是應該感謝一個獨立和外在的造物主給予我們物質享受，因為我們與之互動的一切，最終都交互貫穿於唯一的心智或唯一的心靈，也是許多人所稱的「上帝」唯一能量的虛幻投射，所以我們應該感恩和愛這些。也就是說，一切萬物，包括有生命和無生命的整個實體領域，是純粹、無限的意識直接延伸，而意識就**是**造物主。我們和我們與之互動的其他萬物，都不是與造物主分離，而是造物主用來體驗自己一體意識的展現，看似許多卻只是唯一。甚至在我們和無限意識，也就是和造物主之間的分離都只是幻象，科學已經可以證明這一點。

在接下來的章節中，我們將從整個幻象的宏觀視角退一步，探索其中最重要的層面，以及它隱藏在存在背後的深層目的。理解現實是一種幻象並且一切事物都交互貫穿於一個事物是一回事；了解為什麼會這樣，又是另一個層次。而且理解幻象中的結構，能讓我們更明白它的使命。在第六章，我將把這些知識整合，以解釋我們在這其中所扮演的角色。

4 靈魂的旅程

「不要悲傷，你所失去的，都會以另一種樣貌再出現。」

——魯米

假如你問人們有關他們的信仰，很多會說我們信仰上帝（他們認為上帝是截然不同，一個分離的神聖實體），因為上帝創造一個具體的物質宇宙，有天堂也有地獄，他主宰著一切，並獨立於祂所創造的一切，這是聖典的內容。但另一方面，無神論者和理性主義者可能會認為這只是一個隨機宇宙，沒有造物主，一旦死去，一切也就歸於塵土，這似乎是主流科學的看法。雖然我認為每個人都有信仰自由的權利，但一個有自信的人，不能只是盲目地接受我們出生後正好學到的事物，而是必須根據證據來說話。

因此，對於無神論者和理性主義者來說，應該要超越五官和知覺的束縛，去察覺隱藏的宇宙狀態和有意識的智慧，並完全袪除古典科學所信仰的隨機、非意識和非靈性的宇宙。對於有虔誠宗教信仰者，應該收集證據，但不是用來證明他們的經典內容來源不正確，而是要找到一個不同且更正確的解釋。重要的是，我們因此變成有識別力的個體，不盲目相信任何我們所學習的內容，而是在研究過所有現存證據後，自己做出決定，同時敞開心胸接受有關現實的各種不同觀點。

死後的真相？

人們最容易盲目接受的信仰主題，是關於我們死後的世界。這很合理，因為它似乎超過科學和經驗主義研究的範圍。因此很多人都別無選擇，只好完全相信我們的宗教領袖、靈性宗師或主流科學家（注意：未必是宗教本身、靈性本身或真正的科學）告訴我們的事情。

但假如**有**大量關於死後真相的證據呢？假如真正的科學**和**靈性教義的核心真理都是一樣的，卻恰好與我們所學的來源說法截然不同呢？再次闡述，如果你是一名虔誠信徒，與其懷疑死後真相的來源（不管是宗教、靈性教義或科學所言），還不如遵循引導我們至這個議題的心靈導師，同時了解，我們是自由個體的概念只是一種**幻象**，然後我們可以決定自己的信仰。有著這樣的認識，接下來我們將審視證據，並自己做決定。

孩子們為我們指出真相

最不可置信，卻可以**直接證實**死後真相的證據，可能是來自於能記得上輩子生活的小孩。很多人摒棄轉世這個主題，他們不想花時間閱讀大量支持轉世的經驗和科學證據。但我們身為有識別力且有自信的個體，現在就來審視證據，並據此決定該不該相信。其實，有些宗教相信，人只有一世，沒有所謂的轉世投胎。我認為宗教文本中所謂的「一世」，可能是象徵所有塵世的一生——也就是說，一開始你是靈魂，接著經歷了實體的生命（很多次），然後又回復到靈魂。如果從這個角度來理解，每一次的實體生命都代表靈魂所體驗的階段，這是沒有矛盾衝突的。即使你無法立刻接受這種可能性，還是一種有益的練習，讓你慢慢地敞開心胸，客觀地審視一切證據，並依此自己做出決定。

有許多與轉世相關的書籍，整本書都在談論轉世這個議題。事實上，一些研究者終其一生都在研究這個主題，其中最有名的是維吉尼亞大學醫學院的伊恩・史蒂文森博士（Dr. Ian Stevenson）。他花費四十多年，拜訪了超過三千多位對上輩子生活有非常仔細和精確記憶的孩童。這些小孩大部分都可以精確地說出他們上輩子的名字，他們家庭的名字，甚至他們朋友的名字。儘管他們所提到的人和現在這一世完全沒有關係，而且有時候是處在完全不同的地理區域，因此他們根本不可能聽說過這些人。很多孩子也告訴他，他們是如何去世的、在哪裡去世的。更令人無法置信的是，在拜訪過死者的親戚後，不僅證實他們說的是真的，而且小孩身上常有的胎記位置，也與死者在上一世因為暴力死亡，身上所留下的傷口位置在同一處。

一次又一次，史蒂文森博士發現孩子們提到的名字都百分之百正確。他追蹤到他們上輩子的親戚，並確認孩子們所言不虛。或許最令人驚訝的是，當他拜訪這些據稱是上輩子的親戚，並且看到孩子們宣稱是他上輩子某人的照片時，發現他們在這一世和上一世，都長得非常相似。史蒂文森博士在收集了這麼多確定且無可爭辯的資料後，出版了一本詳細記載有關這些收集的書——《記得前世的孩子：轉世的議題（2001）》（*Children Who Remember Previous Lives: A Question of Reincarnation*）[13]。

穆塞爾．阿里（Mushir Ali）的故事，是史蒂文森博士深入研究的案例之一。穆塞爾．阿里是一名穆斯林，死後轉世為那瑞許．庫瑪（Naresh Kumar），出生在一個印度教家庭。但他禱告時卻像一個穆斯林，而他的家人不曾教導他任何有關伊斯蘭的事情。事實上，他從兩歲開始禱告。四歲時，他請求他的父親帶他回到他先前居住並去世的穆斯林市鎮，而且在那裡找到他上一世的家、上一世的親戚和朋友，並正確的叫出每個人的名字——雖然在這一世他不曾見過他們，更不用說去過這個城鎮了。他的右胸有天生缺陷，反映出穆塞爾．阿里在拖拉機意外中造成的外傷和肋骨骨折，並因此而喪生。

另外，史蒂文森博士也有提到一名印度教徒去世，之後轉世為穆斯林的案例。儘管這名年輕男孩的家人沒有讓他接觸印度教，而且他不可能在這麼年輕就自己學習，他卻保留著印度教的思維模式。其他研究人員也提出了阿拉伯人轉世為信奉猶太教的以色列人，或者信奉猶太教的以色列人轉世為阿拉伯人，納粹黨員轉世為猶太人等案例，也就是說，實際上每個其他宗教和文化的人，都會轉世到另外的宗教或相關組織。

記住，正如量子物理學所揭示的，我們與萬物都是一體。我們就是意識，只是以看似分離的個體在體驗探索，因此它不會偏愛任何一方或任何一個真理。或許在各種不同文化和宗教，轉世的概念是教導我們的靈魂要容忍寬大，但這不是指我們總是會轉世到一個不同宗教或不同文化的家庭。有很多的案例顯示，我們不只常常會轉世到相同的區域，而且有時候甚至會轉世為相同家族的後代。我們之後還會深入探討為什麼，以及如何轉世這個主題，但現在還是繼續專注在證據上。

吉姆．塔克（Jim Tucker）是另一位著名的研究者，他寫了一本書，《當你的小孩想起前世：兒童前世記憶的科學調查檔案》（*Life Before Life: Children's Mmemories of Previous Lives*）[14]。他的研究全部集中在可以具體記錄下來的證據，並且使用臉孔辨識軟體，透過**科學的方式證明**這些孩子們和他們所自我陳述的過去自我，臉部特徵有驚人的相似度。他還著有另一本書，《驚人的孩童前世記憶：我還記得「那個我」？精神醫學家見證生死轉換的超真實兒童檔案》（*Return to Life: Extraordinary Cases of Children Who Remember Past Lives*）[15]。在這兩本書中，他處理並明確地駁斥懷疑論者可能就這一主題提出的每一個論點。

敞開心胸，面對證據

現在讓我們真正地思考這件事。不管是你小時候所學或你目前的信仰，你可以閱讀到豐富且可供檢驗的科學證據，證明轉世是完全真實的，更不用說來自**孩童**的大量可被證實的記錄。孩童是我們之中最天真的人，他們沒有不可告人的動機來談論這些事。各行各業以及各種文化、宗教養成體系也已經有成千上萬的調查報告。除此之外，研究人員也以科學方式鉅細靡遺的調查並**證實**。有時候，甚至除了孩子前世的本人之外，沒有其他人知道的細節也被透露，例如某個東西埋藏的真正位置。僅管它在這孩子此世出生前，就埋在那裡很多年了，但是當這個物體被挖掘出來，且位置和孩子告訴他們的一模一樣時，你可以想像研究人員有多驚訝。

偶爾，關於轉世的知識也可以讓研究人員精準預測某些答案，而這些答案用其他方式探究是不可能知道的。在某個案例中，一名年輕男孩說，在他的前世他是自殺而死的，死者的妹妹後來也確認她的哥哥是以槍射擊自己的喉嚨而亡。這名男孩曾經讓史蒂文森博士看他在喉嚨的胎記，而史蒂文森就推測這名男孩的頭頂可能也有一個胎記，是子彈從喉嚨底部射擊貫穿而出的傷口，於是檢查男孩頭髮下的頭皮，在他們預期的位置上確實發現一個胎記[16]。

證據是普遍存在而且無法反駁的。一些孩子不知何故，不只記得前世的生活，而且提供我們這麼多可證實的事實，令人震驚。然而，大部分人從來沒聽過這種事。他們深受自己的信仰體系影響，就像一座巨大的牆包圍著他們，不允許任何東西進入或破壞他們的信仰體系。假如他們剛好出生在一個不相信轉世的家庭，當他們成年後，**真的**聽到這件事時，他們置之不理，認為這是一些人的錯誤觀念，而且也從來不會深入研究或調查。這就像信仰的過濾器發揮了神奇的功效，人們通常在小時候盲目地接受信仰，且從來不會質疑。

如果我們不小心讓這樣的信仰，成為內建、自我延續的機制，便會只透過我們看見且已經確認的內容，加以強化來維持它的存在，而把其他存在的證據都予以忽視甚至嘲笑。因此，保有開放的心胸，成為有識別力的人，就有信心可以分辨真相，而不須別人**告訴**我們真相是什麼。

既然我們已經探索一些讓人印象最深刻的轉世證據，這表示天堂和地獄的觀念不是真的嗎？不要這麼快下定論。儘管對這些主題有些錯誤觀念，但也有很多其他的證據可供懷疑論者審視。我過去常認為來世的概念只是一種譬喻，不是真實存在。然而，當我開放心胸審視，我發覺我只能改變並重新形塑自己的觀點。

儘管轉世證據相當清楚地顯示，我們在這一世死後，最終會以另一個實體轉世，但這是立即發生的嗎？或者在下一次轉世前，有一些我們靈魂可以前往和休息的「地方」？

麥可・紐頓博士（Dr. Michael Newton）在他的經典書籍，《靈魂的旅程：轉世之間的生命案例研究》（*Journey Of Souls: Case Studies Of Life Between Lives*）和《靈魂的命運：轉世之間的生命的新案例研究》（*Destiny of Souls: New Case Studies of Life Between Lives*）中，呈現他的完整研究，稱為「轉世之間的生命」[17-18]。紐頓博士公開承認他過去是傳統的催眠治療家，不相信前世這種「新紀元」的觀念和靈性世界。然而，一次與患者的催眠經驗，完全震驚了持懷疑態度的他。這位患者自發性地回到前世，並說出非常詳細的事實，之後經過證實也都是真的。

這件事撼動了紐頓博士的世界觀，他進一步探索利用催眠回到過去，並因此無意間開啟了進入靈性領域的入口（也就是世界的靈魂在輪迴轉世之間進入的地方）。在催眠治療數千位患者後，他發現無論患者是無神論者、虔誠信奉宗教者或處於其間者，一旦他們進入完整的催眠狀態，他們的意識變得比較放鬆，這時都能夠描述所看到的內容。

透過更先進的催眠技術，紐頓博士發現一種方法，基本上能夠忽略他們的信仰，而這麼多不管是否相信來世生命和存在的人，都描述了幾乎**相同**的事情。其他備受敬重的治療家，像醫學博士布萊恩．魏斯（Brian Weiss），和朵洛莉絲．侃南（Dolores Cannon），在他們最暢銷的著作中，對這個主題也有相同的研究結果[19-20]。因此，我們得到一個合理的結論：如果數千名來自各行各業的人所描述的不是一個確實存在的世界，他們如何非常詳盡地提及幾乎相同的事情？只有這個「靈性世界」確實存在，而且這些人在前世死亡之後多次來過這裡（在轉世到目前的實體生命前），他們才可能以非常相似的方式詳盡地描述。我們在不久後將看到，這不僅僅是催眠的效果，因為有瀕死經驗（也就是暫時死亡，然後又恢復生命）的人（包括孩童），將提供大致跟催眠治療一樣的**相同**描述。

那些描述又是什麼呢？簡而言之，當人死後，意識一點都沒有消失。相反地，他或她的靈魂離開身體，意識仍然存在，繼續存在於宇宙中。這常常是一個非常自由和快樂的經驗。有些人決定維持這種狀態，徘徊在所謂地球的星光界（astral realm〔佛教稱中陰界〕），實體地球的能量複製品），甚至看著自己的葬禮，嘗試接觸並安慰他們心愛的人，讓他們知道他們都很好。最終每個靈魂感覺離開了地球這個平面，並且看到一個有光的隧道。

現在我們暫停一下。雖然這些事情聽起來都是純靈性的，以致於很多有科學頭腦的人無法接受，但實際上科學已經完全證實這種經驗。現在，很多量子物理學家可以告訴你有光的隧道只是一個蟲洞，可以將靈魂（也就是能量）從這個維度送到另外一個振動頻率更高的維度，而我們肉眼是看不到的。正如本書第一章所探討的，我們只看得見電磁光譜的一小部分，也就是可見光。不要忘記硬科學告訴我們，宇宙萬物都是能量和意識，同時了解身體只不過是意識（也就是靈魂）用來體驗物質幻象的臨時載具。當身體死亡，體驗結束時，意識還仍然存在，不受實體物質幻象消失的影響。

我們將在後文詳細說明這些概念，但現在我們繼續討論人死後會經歷哪些事情，同時記住現代科學已經證實其他能量領域的存在，也就是靈性和宗教所稱的靈性世界。

在進入隧道中難以形容的白光後，人們常常看到有人等著他們，他們很快就認出那是他們的嚮導。這個嚮導只是「比較老的」靈魂（一個有更高振動頻率，更有經驗的靈魂），他是我們從一個人生轉世到下一個人生的心靈導師。根據你這一生的艱難程度（包含情緒或身體創傷），我們的靈魂可能進行能量淨化並修復。之後，有一場所謂的人生回顧，靈魂進入他剛剛結束的一生，以全像式、三維場景重新體驗，並以他人的角度來感受在上一世對其他人所造成的痛苦（和快樂）。宗教上提到的審判，往往被錯誤解釋為憤怒的感覺，並由外部法官執行處罰，但在這裡只是重新體驗造成別人痛苦的事件，以便我們可以更有愛心和更仁慈。我將會在後面章節重新討論更多這樣的內容，還有轉世的目的，同時在更宏觀、更無限的層面上詳細探索。現在，我們繼續聽聽通常接著發生的事。

在能量淨化和人生回顧後，我們將與心愛之人的靈魂團聚。假如我們一直認為死亡是最終的結束，那我們可能會很欣慰地知道，根據所有來自催眠對象和瀕死的經驗所述，我們不只死後將持續存在，而且也會和我們認為已經失去的親人重聚。同樣地，這完全得到新科學觀點的支持，不只實體物質是完全的幻象（因此表面的死亡不代表死亡），而且能量永遠不會毀滅——它只是改變樣貌而已（請記得愛因斯坦的方程式，$E=mc^2$）。

靈魂群組

除此之外，值得注意的是，當我們在地球時，似乎會和我們最親近的人一起組成「靈魂群組」[17]，可能在靈性的世界或轉世之間的靈魂世界交替。群組人數可以少至幾個，多至25個，他們往往都有相同的振動能量（也就是說相同的靈性進化），並且會依次在接下來的人生裡互相轉世，扮演不同的角色，在每個生命中學習新到的課程。例如，在某個人生，你可能是你靈魂群組裡面某個靈魂的兒子，在下一世，那個靈魂可能成為你的兒子。有時候，你們可能是姊妹（靈魂沒有具體性別，會規律地化身為兩性的實體），又有時候，你們將成為最好的朋友，或者是情侶。你也會時常在實體生命的人生中，以不同的角色及振動能量與你靈魂群組接近的群組成員互動。所有的催眠對象，不管他們的種族、文化、宗教或其他信仰，都提到靈魂群組的存在，這似乎是靈魂世界運作的標準方式。

雖然靈性領域純粹是非實體和充滿能量的，但是對居住於此的靈魂，它「看起來」是實體的。記住，從科學角度來看，肉體只是較慢的振動能量。能量振動愈快，看起來就愈不像「實體」。但因為我們只能感知和我們一樣的振動頻率範圍，因此雖然我們無法用肉眼看到靈性領域，但當我們處於靈魂狀態，體驗這個領域時，將會看到這個貌似具體的世界，因為這時候我們也會有相同的振動頻率。

因此，人們常常描述看到驚人的景象，例如「天堂般美好的」風景，甚至會讓我們想起在地球看到的建築物——只是更壯麗、更令人驚嘆。除此之外，雖然一開始我們心愛的人也時常以最近的人生樣貌出現在我們面前（在轉世這段時間安慰我們），但所有的靈魂都只是以能量的形式出現，並且有獨特的顏色。顏色代表它們靈性進展的程度，以科學角度來說，就是它們振動的頻率。科學告訴我們每個顏色都有相關不同的頻率或振動比率，靈魂的靈性位階愈高，它的能量頻率就愈高。

我們在靈性領域的時間

我們必須了解時間在靈性領域並不存在，這和在實體層面是一致的。雖然研究時間這個奇妙的科學超出本書的範圍，但量子物理學家已經發現時間完全不是線性的。時間，就像物質一樣，僅僅是一種幻象，而且事實上，它是三維／全像攝影的，而不是線性的[21]。這代表透過意識或先進科技，不論是回到過去或前進未來，想到達**在時間**中的任何「空間」都是可能的，因為時間一點都不像我們所經驗的是一條直線。

實際上，這代表我們時常花費看起來近百年的時間在靈性領域等待轉世，但之後依然能選擇在死亡之後的九個月，轉世到另一個實體的身體。如果缺乏對時間結構的了解，會造成那些相信轉世的人們對時間上的誤解，以為一個剛死亡的靈魂會立刻轉換到另一個剛懷孕的母親身體裡面，因為他們從諸多孩童的案例中聽到的是，這些孩子記得他們過去的生活，而且都在前一世死後的九個月就出生。但如果知道時間的本質只是幻象，就會了解在九個月後轉世前，有「比較長的」一間隔時間留在更高振動頻率的靈性領域。

有關我們在這段期間的活動，上千名被催眠的對象都有相同的描述，例如：參加各式各樣的靈性課程，出席各種不同的娛樂活動，和高階的靈魂學習如何運用能量，還有其他許多事情。然而，大家都提到在靈性領域上的一個共通元素，就是它如天堂般的本質。也就是所有的靈魂都處在一個充滿和諧、仁慈、耐心和絕對愛的世界。即使在你的群組的靈魂或別的群組的靈魂，曾在你剛過完的人生中傷害過你，雙方都不會心存怨恨或苦惱。基本上，我們需了解實體人生只是一個上演各種戲碼的戲院，我們在其中扮演不同的角色，從錯誤和過失中學習，以便我們在靈性上可以更有愛心和進化。這就讓我們想到莎士比亞著名的一句話，「全世界就是一座舞臺……而所有的男人和女人都是其中的演員。」這句話現在可以認定為真正具有洞察力且揭露真相的名言。的確，這完全不是大多數人相信的，只是一種暗喻。根據成千上萬人的經驗，這句話似乎也是對現實的正確描述。

到了某個時間，在我們嚮導的幫助下，該是決定再一次轉世為實體生命的時候了。我們會被帶到一個地點，在那裡我們可以選擇想要的身分和想過的生活。我們也有機會了解未來將發生的大事，它們將考驗我們。但同時也會充分隱藏某些部分，讓我們不會因為太困難而不去選擇那樣的人生——一段從靈性觀點看對我們有益的人生。

同樣地，請記住量子物理學告訴我們的時間本質。我們可以選擇各種我們要的「未來」人生，而且看見每段人生會發生的大事，因為時間是一個幻象。更精確地說，它是三維空間，而不是一條只往前的直線，我們可以選擇任何我們要的時間座標並體驗它，雖然以我們現在的觀點，它有所謂的過去或未來。重要的是，牢記真正的科學，不要落入老舊的窠臼，將這些觀念視為幻想或臆測。我們不僅從上千名被催眠的人身上得到資料，獲得潛意識下的記憶，而且不論他們的背景和信仰是什麼，他們都描述了同樣的事，這點一定要特別強調說明。

人生的教室

那再次投胎為人的目的是什麼，而且我們依據什麼來選擇想要的身體呢？它的目的就是有機會學習至目前為止，所有前世都沒有學到的功課。這個功課的重點就是愛、仁慈、寬恕和同情心。這是從古至今，我們學習到的所有宗教和靈性訊息的核心思想，也是轉世的終極目的：讓我們有更多機會把事情做好。假如我們只有一次的人生嘗試，就很難讓靈魂進化和變得完美。因此，我們有多次的轉世人生，以便讓我們有機會從錯誤中學習，並學習用唯一且最合適的應對方式來面對所有在地球上遭遇的狀況，那個方式就是：無條件的愛。

因此，我們選擇的人生將明顯地包含一些艱難的考驗和苦難，好讓我們學習前世沒有學到的功課。例如，假如我們在前世是驕傲且殘酷的，那我們可能選擇出生貧窮家庭或身體天生某部分不完整，強迫我們學習謙虛。所以不要抱怨上帝不公平，賜予你的比較少，而其他人似乎較受偏愛，反而要正確地了解，最終我們都會經歷各種可能的狀況，所以抱怨窮困的環境，或對好的環境過度喜樂都是沒有意義的。依種種證據來看便能明白，不論我們所處的環境如何，都是在靈魂階段時我們**自己選擇**的，為了讓我們學習課業和得到靈性的進化。另一方面，如果有人認為轉世為窮人或身障者，代表我們因為前世的行為而被至高無上者處罰，也是沒有了解到我們是為了自己而選擇這段艱苦的生活。

想想，當我們從這個角度來思考人生，生活變得多麼有意義，也更容易接受挑戰。我們不是外來力量的犧牲者，我們不是「倒楣」，我們不是因為自己的過失而被「處罰」。當無法預期或討厭的事情發生時，我們不需要哭叫「上帝啊！為什麼是我？」我們只需要了解，在更進化的生命幫助下，為了一個特定的使命所以如此安排。而當我們轉世時，如果記得遺忘，我們將不會受到前世記憶的干擾，能有最佳的機會學習這些功課。同時，將最終現實保留在我們的潛意識也非常有幫助，事實證明這是生活上自我充能的方式。少數記得前世生活的孩子，在了解每件事都是由他們自己在靈魂階段所選擇時，便鬆了一口氣。萬物都是有使命的。

天堂的科學證明

如果你認為只有被催眠的對象可以幫助我們揭示靈性的真實面，那麼你將會有更驚人的發現。瀕死經驗（near-death experience, NDE）是一種現象，提供了大量證據支持紐頓博士的相關研究，同時也支持其他著名的催眠治療家，像是布萊恩．魏斯和朵洛莉絲．侃南的觀點[19-20]。

「瀕死經驗」一詞由雷蒙．穆迪博士（Dr. Raymond Moody）所創，首次出現在其所撰寫的好書《死後的世界》（*Life After Life*）[22]中。根據瀕死研究國際聯盟所下的定義，**NDE**是一種經歷瀕臨死亡的經驗，有這種經驗的人不是已被宣判臨床死亡，就是很接近死亡，或是極有可能死亡，甚至被預測即將死亡[23]。他們很多人曾經提到**瀕死**這個名詞不夠精確，因為他們所經歷的是**已死亡**而不只是瀕臨死亡（確實有很多人都由醫師宣布臨床死亡）。

全世界有數百萬人提到有過瀕死經驗——包括諸多知名人物，像是卡爾．榮格（Carl Jung）和喬治．盧卡斯（George Lucas）——因此，我們有很多以經驗為依據的資料可以參考。這些案例包括大量由孩子所描述的瀕死經驗，他們同樣以最純真和無偏見的方式，說明他們看見和經歷的。他們的經驗大部分包括滿滿的愛、快樂、平靜和幸福。只有相對少數的人提到負面的瀕死經驗，包含令人害怕的情況和感覺。在所有的案例中，人們描述的經驗是比真實更真實的狀態，甚至比在塵世的生活還真實。從數百萬人的敘述中，最有趣的是我們發現這些敘述，和被催眠的對象所描述的非常相似：他們都有靈魂出竅的經驗，儘管意識已離開身體（有時候甚至向下看著自己的身體），但完全是有意識的；看見一個有光的隧道（也就是到達另一維度的蟲洞）；在通過隧道後遇見已過世的心愛之人；遇見非常有愛心的靈性生物、人生回顧、令人難以置信的美麗風景、充實的知識和人生使命。

儘管這種經歷通常會對人們產生明顯的轉化效果，儘管有完全無意識，或甚至臨床死亡產生的靈魂出竅等無法否認的具體證明，比如說他們醒來後告訴醫師、護理師和親戚他們談論的事情細節，就算他們不與他在同一個房間；或者有靈性嚮導陪伴在場，並看見未來的事件，接著看見未來事件在未來的生命精準地出現等，但大部分醫師還是保持懷疑，並宣稱瀕死經驗是大腦因創傷而接近死亡狀態，所暫時造成的幻覺。然而最後，伊本・亞歷山大醫師（Dr. Eben Alexander）提出證明這些都**不是**幻覺的證據，在他非常奇妙的書《天堂際遇：一位哈佛神經外科醫師與生命和解的奇蹟之旅》

（*Proof of Heaven: A Neurosurgeon's Journey into the Afterlife*）[24]中，他記錄下自己罕見的瀕死經驗。

在他經歷瀕死經驗之前，亞歷山大是一名神經外科醫師，他完全不相信這回事。有很多病人曾經宣稱經歷過此種深刻的體驗，但他總是將它們視為一種幻覺。然而，有一次他感染一種罕見病毒，昏迷了七天，也因此改變了他的想法。他的經驗不像其他案例，奇妙的地方在於他感染的是腦部病毒，導致頭腦完全停止運作，在這種情況下，頭腦百分之百無法活動，不可能產生幻覺。所以，假如像很多神經外科醫師所相信的——頭腦創造意識，那麼亞歷山大醫師完全不可能感知**任何**事。他的頭腦不能產生思想或情緒，事實上，在他昏迷的七天期間所監測的腦電活動也沒有任何顯示。然而，他並不是「什麼都沒有」感知到。

亞歷山大醫師絕不是沒有感覺到或沒有看到任何東西，而是有了最奧妙的奇遇。他造訪死後的領域，並獲得不可思議的經驗——這些都是當他頭腦完全停止運作時發生的。因此他不可能夢到或想像死後的情況，因為他的頭腦受到罕見病毒影響而無法運作。在科學上，這個事件排除了可能是幻覺，或「捏造的」經驗及想像，唯一可能的科學結論是亞歷山大醫師處於靈魂出竅的狀態，也就是純粹意識，他所提到的領域和他所看到的都是百分之一百**真實的**。

以這件事來看，他的敘述完全是吸引人和具科學**創新性**的。他明確證明了我們不只不會失去意識，而且意識還可以有很多獨特的樣貌（在不同時間，他就只是提到意識，沒有自我概念或身分，這也證實了我們較早之前所探究的**萬物**都是有意識的）。同時也印證了這個領域的真實存在，最直接的說法，就是有一個天堂般的地方存在著。

值得注意的是，雖然亞歷山大醫師的故事在科學上證實了其他瀕死經驗者的經驗，以及像紐頓博士等研究者他們所催眠對象描述的狀況，但似乎又揭露了一個有著最美麗和最深刻本質的天堂領域，超越死亡與轉世之間的領域。讓我們得以一窺存在於實體生命背後，那令人不可思議的範疇。

超越人類的存在

透過塵世的輪迴轉世，當我們的靈魂進化後，這些領域是我們將前往的地方嗎？在我們探究這個吸引人的主題前、在回答我們為什麼存在這個終極問題前，必須先回答另一個我們大部分人都想問的問題：在宇宙中，我們是孤單的嗎？

的確，這個問題非常重要，而且和我們目前探究的每件事情都有直接關係。假如我們不是宇宙唯一，或甚至不是宇宙最有智慧和最進步的生命，那這代表什麼呢？身為人類，我們的使命又是什麼呢？整個宇宙和生命本身的偉大設計，包括我們在這章節所探究的實體和非實體領域又代表什麼呢？

我個人相信，我們只能透過探究一個不僅超越實體生命，還超越整體人類的巨大結構，才能真正完整地了解宇宙和生命的使命，而我們可能是其中的一部分。

正如接下來你即將了解到的：地球之外還有生命。這是不需要從理論上推測就可以建立的結論。實際上，到處都是有關這個主題的證據。假如你之前沒有詳細探究這個主題，那你將會驚喜連連。在第六章，我們會將所有相關資訊，和至今為止我們所學的東西整合在一起，詳細地了解背後隱藏的架構，以及我們在其中所扮演的角色。

5 我們並不孤單

「的確有墜毀的船隻，也發現到屍體。我們在宇宙中並不孤單，他們已經來到這裡很長一段時間了。」

——埃德加・米切爾博士

人類最大的發現之一，也許是確定有外星人和我們共同生存在宇宙中，我們其實並不孤單。這個發現無疑也導致我們對生命和宇宙的看法大為改觀。但是，如果世界各國政府為了某些目的而封鎖這個發現呢？

在本章中，我們將探索可以證明真實宇宙歷史和現狀的證據。先決條件就是拋開批判，以開放的心態審視，那麼我們會看到真相自然浮現，並且與我們目前所發現的一切完美契合。

為了幫助你了解，請自問：「我怎麼**知道**地球和人類的歷史是真的？」相對於地球和人類的久遠歷史，你不久前才出生，並且很快地學習到現實是什麼，以及世界運作的方式。但是從本書的前幾章，你已經了解我們所學習的大部分內容並不是對現實的真實描述。因此，我們可以合理懷疑，是否有關這個星球和物種的歷史也不是真實的呢？我們怎麼知道在過去幾百年來流傳並記錄下來的，不是虛假的資訊？它們或許都與所發生的事實截然不同（並且一直持續到今天）。

接下來，你即將看到的，是一點一滴逐漸拼湊而成的神祕難解之謎，主要探討來自我們星球之外的眾多文明是否存在並造訪我們。我們不僅不孤單，而且那些「訪客」也與我們一起存在了數千年。證據就在我們生活的周遭。端視你是否能以開放的胸襟思考，勇於拋棄已經蒙蔽我們多年的舊思想。

地球不是宇宙唯一的

科學家們最近證實，光是我們銀河系可能就有兩百**億**顆類地球行星[25]。除此之外，還有幾千億可觀測的星系。這是多麼龐大的**數字**啊！如果這些行星都比地球更久遠，我們就可以合理地期待它們上面更早存在著生命。這也意味著它們在科技上的發展，可能比我們先進幾百萬、甚至幾**十億**年。事實上，如果我們知道地球已經有四十五億年的歷史，如果恰好有一個只有四十五．〇一億年歷史的類地球行星，那麼這個星球及上面的文明，已經整整比我們多一百萬年的進化時間。那麼如果我們在短短幾千年內就發展如此快速，再多一百多萬年的進化又會是如何呢？你能想像這樣文明的存在嗎？或者比我們早**十億年**的文明又會是什麼樣子呢？

本書的前兩章，詳細描述了量子物理學家的宇宙觀，我們了解，不僅物質的本質是幻象，而且**時間和空間**也是不存在的。對於發現這個概念的先進文明來說，這意味著能夠在極短的時間內行進難以想像的距離，而且使用在量子理論中彎曲時間和空間的科技概念。對我來說，所有這一切都清楚地說明地球外的生命，而且是非常先進的生命體，都極有可能輕鬆地來到這裡。當我們看到堆積如山的真實證據時，我們將明白這些都是事實。

神祕未解的歷史遺址

根據傳統的研究人員和科學家的說法，埃及的吉薩大金字塔（the Great Pyramid

of Giza）興建於大約西元前二五六〇年，雇用奴隸們為法老王所建造的墳墓。因為大多數人未積極深入研究這座歷史遺址的起源，所以大家都接受這種說法，並且信以為真。但是，一些非正統的研究人員勇敢地質疑傳統的歷史和智慧，提供我們完全不同的大金字塔樣貌，以及誰才可能是建造者。

我們就從研究員大衛・普瑞特（David Pratt）非常有趣的總結開始：

「金字塔是工程和工藝上無與倫比的壯舉。它比任何現代建築更準確地與四個方位基點對齊，包括倫敦格林威治天文臺（Greenwich Observatory）的子午線大樓。三五〇英尺長的下行通道非常筆直，從左到右偏離中心軸不到1／4英寸，上下也只偏離1／10英寸，以目前的技術來說，也只有最好的雷射控制鑽孔堪可比擬。金字塔的外包石塊，其中一些重達16噸，是如此完美的切割和一致，精確地組合在一起，它們之間的砂漿填縫只有1／50英寸——相當於人類指甲的厚度。埃及古物學家弗林德斯・皮特里爵士（Sir Flinders Petrie）將這種非凡的精確性描述為「最精準的驗光師工藝，這種精準度的掌握超出了現代技術的能力。」外包石塊上面沒有使用工具的痕跡，角落處甚至沒有輕微碎裂。國王墓室中的花崗岩石棺是由堅硬的紅色花崗岩塊切割而成的，而且切割得如此完美，因此它的外部體積恰好是內部體積的兩倍。工程師和工匠大師克里斯托弗．鄧恩（Christopher Dunn）拒絕相信當初是使用鑲有鑽石切割點的青銅套鋸組來切割和挖空石棺，因為當鑽石被施加壓力時，可以鑽入更軟的銅，但對花崗岩幾乎是毫髮無損，沒有切割的功用。他認為從證據看來，埃及人當年必須擁有超現代的工具，包括能夠比現代鑽頭快五百倍的花崗岩鑽孔機。但不只如此。大金字塔具體呈現了幾何學、大地測量學（地球測量科學）和天文學的先進知識[26]。」

讓我們花一點時間來思考上面這段話的涵義，而不只是將它視為一連串有趣的事實。這些科學家和工程師們直率地表示，以這種難以想像的精確度來建造這座偉大的歷史遺址，是**超出現代科技的能力**。不僅僅是略微超出，而且，就鑽孔的技術來說，比我們快五百倍！即使在今天，大金字塔興建幾千年後，我們距離能夠使用最先進的現有技術建造可與之比擬的建築物仍很遠。

事實上，在二十世紀的七〇年代，由日產汽車（Nissan）資助的日本團隊採用現代技術，試圖以四分之一的比例複製吉薩大金字塔，卻遭遇失敗[27]。即使他們使用雷射控制鑽孔技術，還是無法做到。這說明我們所擁有的最先進雷射技術，仍舊無法達成建造金字塔的精確度。因此，我們還要接受它是由奴隸使用原始工具建造的理論嗎？你不必抱持「開放的胸襟」認為是地球以外的先進文明建造了大金字塔。

但這只是開始。讓我們再看看以下令人費解的事實[28]：

- 金字塔是由大約二三〇萬塊石塊所興建，每塊石塊重達30噸。（**即使現今最大的起重機，在試圖抬起這些巨大石塊的其中一塊時也會碎裂。然而，當年二三〇萬塊石塊卻能夠以完美的精確度放置，並且有著精確的數學等式關係。**）
- 外層由十四萬四千個高度拋光的外包石塊包圍建造而成，寬約一百英寸（二五四公分），每個重約15噸，上部平坦，精準度為〇．〇〇一英寸（〇．〇〇二五四公分）。（**使用現今最先進的技術，都無法將任何石頭拋光到這種驚人的準確度，更別提有十四萬四千塊。**）
- 使用的砂漿來源不明。科學家曾經分析並確定它的化學成分（比石頭本身更堅固），但卻無法加以複製。（**試著理解這一點。**）
- 金字塔是地球上最精準對齊的建築物，面向正北方，只有3/60度的誤差。（**即使是現在，它仍然比任何建築更準確地與四個方位基點對齊，包括倫敦格林威**

治天文臺的子午線大樓，而這棟大樓是人類目前精確度的巔峰代表。）

- 大金字塔的底部長度乘以四三二〇〇等於地球的赤道周長，準確度優於一%。它的高度乘以完全相同的四三二〇〇等於地球的極半徑，精確度達到百分之〇．二%。（**大金字塔的建造者知道地球不是正球體，因為赤道和極地的圓周是不同的。**）
- 大金字塔四邊的中心以令人難以置信的精確度向內縮，只有在清晰的照明條件下，才能從空中看到凹陷處。（**現今的雷射儀器顯示，側邊完美的凹面精確地複製了地球的曲率。**）

雖然這些資料令人難以置信，但更令人驚嘆的是，這些都只是表面的研究。金字塔不僅顯示出當年他們就非常精確地了解地球的質量、半徑和曲率，而且還充分了解天文測量法，其中一些是我們最近擁有了先進技術後才能辦到的。

根據所有這些令人難以置信的資訊，我們還可能相信是埃及人建造了金字塔嗎？一個遠比我們自己的科技還不先進的文明，興建了在各方面都是如此先進的金字塔，我們甚至無法複製它的1／4大小，你相信嗎？

現在，我來提出一個不同的假設。顯然不是地球上的人建造了大金字塔，他們擁有非常先進的地球和太空知識，以及充分了解比我們進步許多光年的數學、科技和建築技術。

那麼，我們是否還有其他歷史證據可以得出相同的結論？事實上，我們有，而且比你想像的還多。

從古代藝術中發現古老的祕密

正如「阿波羅14號」太空人埃德加・米切爾所說，如果外星人很久以前就曾經造訪地球，那麼應該留下更多的歷史證據，而不僅只有像大金字塔這樣獨特的歷史遺跡。事實上，世界上還有更多讓科學家們感到非常困惑的遺址。

其中一個神祕遺址是位於祕魯沙漠中巨大的地球表面圖畫，或稱為納斯卡線（Nazca Lines）[29]。這些古老的線條有的是幾何圖案，也有構成動物和人類的線條。令人費解的是，它們是如此巨大，而且只能從空中才看得到完整圖案。但是，在人類能夠飛行，並以萬無一失的精確度繪製如此龐大的圖形之前，它們是怎麼完成的呢？

另一個讓研究人員感到完全困惑的，是黎巴嫩的巴勒貝克（Baalbek）遺址。更具體地說，是其中一項至今令人不解的工程技術。除了列柱墩座（Podium），是用有史以來最大的切割石塊建造的之外，我們還發現世界上最大、製作最精美的石塊，重達一千噸[30]，這幾乎與三架波音七四七一樣重。如果現今最大的起重機都無法抬起一塊30噸重的石頭（例如建造大金字塔時使用的石頭），原始人類怎麼可能製作並舉起一個比它重30倍的石頭？這不需要非常開放的胸襟也能想到，人類根本不可能做得到。

但是，儘管這些歷史遺跡確實令人困惑不解（以及更多科學家們仍然無法解釋），大多數人還是很快就認為證據不足，並相信主流媒體和主流科學所言，他們經常將「外星人」這一主題邊緣化，使它淪為一個笑柄和不入流的笑話。

這個時候你就應該小心，心生警惕，因為如果你稍有常識，就會知道我們稱之為現代媒體的宣傳機器是不可信任的。他們想盡辦法貶低一個主題，就表示他們知道這是事實，封鎖真實的資訊以維持既得利益。（想想如果揭露了高度先進外星人的科技真相，可能會在一夜之間破產的大公司，以及可能失去權力的菁英們。）

但是，除了世界各地出現的無數歷史遺址，以令人難以想像的先進工程技術建造，在我們周遭還有諸如古代藝術這些歷史證據，也可以做出合理的推論。事實證明，我們所知道的所有古代文明，幾乎都在他們的藝術作品中描繪了與外星人的接觸。大多數歷史學家會說這些只是穴居人的壁畫，並代表他們的想像力而已，但是當你看到作品時，就會了解他們的說法有多荒謬。

為什麼呢？因為如果它們只是古代部落畫在洞穴中、雕刻在金屬上的想像和神話，那麼為什麼這些部落相隔數千英里，或甚至數千年，圖形卻看起來如此相似？這是巧合嗎？

每個部落剛好都想像到我們現在稱之為「飛碟」的物體，它們長得很相似，而且各部落民族也都剛好被想像所啟發，花了很長的時間仔細雕刻和描繪下來？接下來，我將呈現一小部分的藝術作品，讓你判斷這種可能性。

首先，我們看到一個在法國發現的洞穴壁畫，可以追溯到大約西元前一萬三千年，如下圖5.1所示。它描繪了我們都習以為常的典型飛碟或太空船的圖像，然而它大約是在一萬五千年前畫的。

然後，在圖5.2所看到的這幅洞穴壁畫，可追溯到西

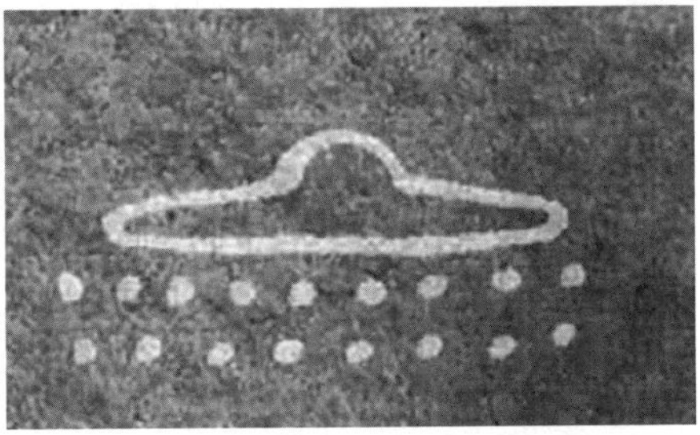

圖 5.1 ➲ 在法國發現 15,000 年前的洞穴壁畫，看似描畫太空船。

元前一萬年，來自義大利的梵爾．卡莫尼卡（Val Camonica），它似乎描繪了兩個穿著防護「太空」衣的生物。

圖 5.2 ➲ 在義大利發現的洞穴壁畫，顯示出兩個穿著「太空」衣的生物。

接下來，在圖5.3中，我們看到了位於北非撒哈拉沙漠中，阿傑爾的塔西利（Tassili n'Ajjer）洞穴壁畫，它可以追溯到西元前六千年。同樣在畫中，我們看到右上角遠方太空船的原型，前方和中間有看似外星人的生物。

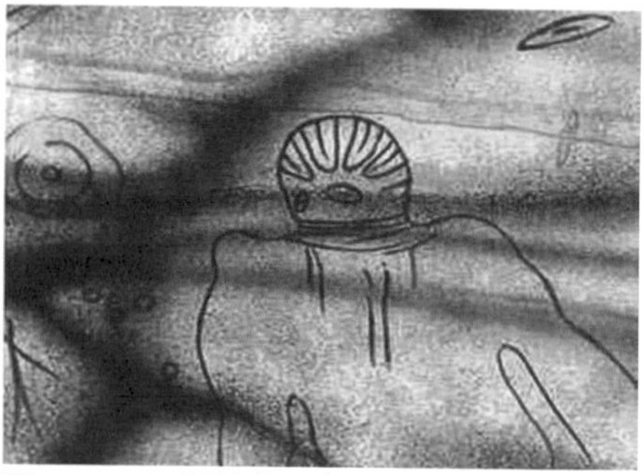

圖 5.3 ➲ 在非洲發現的洞穴壁畫，描繪了飛碟和外星人。

最讓人印象深刻的是馬雅人的古老藝術品。墨西哥政府最近公布了一項已經保密約八十年的考古學發現。圖5.4呈現了令人難以置信的圖畫，畫中描繪了外星人與馬雅人的接觸。同樣地，你可以看到典型的飛碟，但令人驚異的是，這張圖片實際上顯示了太空船內部的近視圖。在頂部中心，你可以清楚看到一個外星人正在操控太空船。

圖5.5展示了更多馬雅藝術品，這一幅可能是我們所見過最清晰的太空船圖片，同時還有光束灑落在一個生物身上。

所以，我們在完全不同時代、不同部落和不同文明的藝術品中，都發現了他們描繪類似的事物，這是想像力還是巧合嗎？我不這麼認為。

路易斯・奧古斯托・加西亞・羅薩多（Luis Augusto Garcia Rosado）是墨西哥政府最高層級的官員，為了證實馬雅藝術中所發現的證據，他已經公開記錄，並且提到

圖 5.4 ➲ 馬雅藝術品，描繪外星人正在操控太空船。

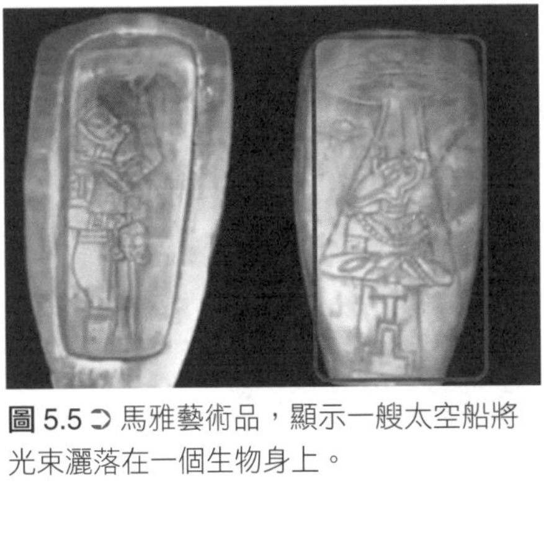

圖 5.5 ➲ 馬雅藝術品，顯示一艘太空船將光束灑落在一個生物身上。

政府還在叢林中找到了三千年前的飛機「降落臺」，而一直將它隱藏隔離[31]。

不僅古代文明，出現在近代歷史藝術品中的證據俯拾皆是，而且確實引人注目。看看圖5.6所描繪的圖畫，據信是由多米尼哥・基蘭達奧（Domenico Ghirlandaio）在十五世紀左右繪製的。圖中聖母瑪利亞正向下看，在背景的右邊，你可以清楚看到像是某種的太空船飛過上面，同時一個人抬頭看著它。飛碟閃著燈光，看起來類似於我們曾經看到的古老藝術。

因此，如果當年不是經常看到太空船，那麼為什麼這位藝術家會在他的作品中，如此肆無忌憚地描繪它呢？難道這不會減少作品的嚴肅性，並在當時招來恥笑嗎？除非這是一個已知且相對正常的事件。如果你進一步研究，就會發現他只是繪製這個主題的眾多藝術家之一，其他人如卡羅・克里韋利（Carlo Crivelli，〈聖奧米迪斯的天使報喜〉，一四八六年）和阿倫特・德格爾德（Arent de Gelder，〈耶穌

圖 5.6 ➲ 15 世紀聖母瑪麗的畫作，背景有飛碟。

的洗禮〉，一七一〇年），也在他們的畫作中突顯不明飛行物體的存在。

同樣的問題，所有這些作品怎麼可能看起來如此相似，除非他們描繪的是現實中大家都看得到的物體？歷史上的每個文化都曾經「想像」太空船，並且想像中的它們看起來都一樣的機率又是多少呢？

雖然這些藝術品中的證據明確並有說服力，但當它們與以下令人印象深刻的證據結合時，更加令人信服。

多貢人和來自其他星系的生物

多貢人（Dogon Tribe）居住在廷布克圖（Timbuktu）附近的洪博里山脈（Hombori Mountains）。他們是一個古老的部落，歷史可以追溯到大約西元前三千年。多貢神話很複雜，起初聽起來就像未開化的部落所流傳的傳說。自古以來，他們談論著來自天狼星系的兩棲生物，為了幫助人類來到地球。據說，這些生物成為他們的指導者和老師，令多貢人十分尊敬。

大家關注的焦點是多貢人長期以來所流傳的傳說，關於他們的訪客所來自的星系，多貢人明確知道其位置和軌道。天文學家最近發現，這些都不是神話。事實證明，一九七〇年，透過先進的望遠鏡真的拍攝到了多貢人所談論並提供精確座標的星系，而這是肉眼是看不見的。這個星系很難觀察，早期的望遠鏡甚至不可能偵測到它。然而，當它被發現時，和多貢人所宣稱的一模一樣，這顆星球現在又稱為天狼伴星。

多貢人聲稱它是一顆非常沉重的小白星，果然，天文學家已經證實它確實是一顆

圖 5.7 ➲ 1947 年，在蘇格蘭的外赫布里底群島（Outer Hebrides, Scotland）。

圖 5.8 ➲ 1947 年，在波蘭的小鎮恰普利內克（Czaplinek, Poland）。

白矮星，非常重的小白星。他們的神話也宣稱，拜訪他們的太空訪客所住的星球有一個橢圓軌道，另一顆星位於橢圓的一個焦點上，軌道週期為五十年。當我們的科技足夠先進，可以拍攝和測量這些遙遠的、肉眼看不到的星球時，發現確實還有另一顆星球正好位在多貢人所說的位置（現在稱為天狼星A），並且軌道週期就是五十年。

除此之外，他們的「神話」還包括土星有光環，木星有四個衛星。而且他們早就知道地球和其他行星圍繞太陽運行，時間遠在哥白尼正式「發現」的幾百年之前[32]。

身為具有邏輯性、受過教育的人類，我們如何解釋一個「未開化的」的古代部落竟然

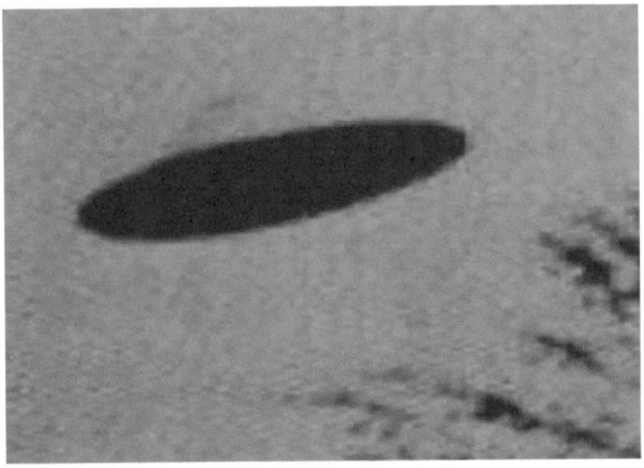

圖 5.9 ➲ 1950 年，在美國的伊利諾州（Illinois, USA）。

圖 5.10 ➲ 1950 年，在美國的奧勒岡州（Oregon, USA）。

能夠如此精確地了解宇宙，而我們卻是最近才藉著先進技術而具備這些宇宙天文知識呢？結論是很明顯的，正如多貢人所說，來自天狼星星團中的外星生物傳授了他們這些知識。雖然這聽起來可能有點荒謬，但考慮到數千年前，他們幾乎不可能擁有精確的宇宙知識，這個結論算是可靠的。

圖 5.11 ➲ 1952 年，在美國紐澤西州的帕塞伊克（Passiac, New Jersey）。

如果再加上跨越年代和不同文明的古老藝術品，以及令人難以想像的大金字塔科技奇蹟（還有世界上許多其他的證據，如納斯卡線、巴勒貝克、巨石陣和復活島摩艾石像），這個結論就更加不可忽視，亦即在宇宙中我們並不孤單。正如阿波羅14號太空人埃德加．米切爾所說，「他們」已經來到這裡很長一段時間了。

但所有這些都發生在過去嗎？或者他們現在**仍然**造訪地球呢？誠如你即將看到

的，他們一直造訪地球的證據隨處可見。

除了繪畫以外的證據：有照片為證

以下是二十世紀四〇年代和五〇年代的一小部分照片。請注意，最近，隨著Photoshop軟體的出現，許多據稱是不明飛行物體（UFO）的照片都不真實。然而，我只提供早期的照片，它們有許多都是在這種軟體可用來更改圖像之前所拍攝並公開發布的，同時已由科學家在實驗室中研究過，經過幾位獨立的攝影專家**正式認證**，並得出沒有任何被篡改痕跡的明確結論。因此，你可以放心觀看以下照片，並確定它們是真實的。

既然已經有照片為證（事實上世界各地還有成千上萬張照片），我相信你已經注意到了，這些太空船絕大多數看起來與繪製在歷史藝術品中的**完全**一樣。因此，我們也有現代的圖片可以證明，古老文明的人類一定曾經親眼目睹太空船，並將它們記錄在洞穴牆壁、金屬、繪畫和掛毯上。在我看來，很明顯地，儘管我們有著時空上的巨大差異，但都畫出類似的飛行物體，這不是巧合，他們只是單純地記錄下他們所看到的罷了。

出現在田野間的證據：麥田圈現象

現代關於外星人的證據並非僅僅出現在照片上，我們也有來自發生在農田的怪異現象，稱為「麥田圈」。當你看到這些圖片，就會明白原因了。基本上，麥田中的作物形成無法解釋的圖案，麥稈被壓平，但還能生長，與其餘站立的麥稈形成對比。有三十多個國家都曾經發現麥田圈，數量超過五千個，最常見的是在英國。

在巨大麥田圈中，令人印象深刻的，除了其中難以想像的複雜符號和數學謎題外（一些研究人員奉獻其一生從事研究），就是它們出現的速度。一天，有位擁有一塊正常田地的農民，發現他的田地在一夜間出現了大量非常精細的符號和藝術創作。還有報導說人們在一架小型飛機上，飛過一片田地時，沒有異樣，15分鐘後飛回來，卻看到了幾分鐘前尚未出現的巨大複雜麥田圈。很明顯，人類沒有能力創造這樣精細的圖案，特別是在如此短的時間內，而且**從來**不曾有人親眼目睹過。

但假如你問主流的科學家，他們常常宣稱這些都是人類的傑作。現在，就像任何其他曾經發生的事一樣，主流科學家對真實的現象感到困惑並備感威脅，因此就利用一些騙局、惡作劇來貶低所有的麥田圈，並宣稱一切都是人類創造的。有一件事他們從來不會告訴你，就是所有的偽造品，品質明顯比神祕的原創麥田圈更低劣，缺少準確性和複雜性。他們也沒有回答這個極為複雜和高準確性的巨大圖案，是如何在數小時內，甚至數分鐘內就出現等這些問題。除此之外，他們完全忽略非主流（也就是非企業控制的）科學家們的發現。

在我們了解這些發現前，請看一些出現在英國（這裡是發生頻率最高的地方）不同田地的麥田圈照片。

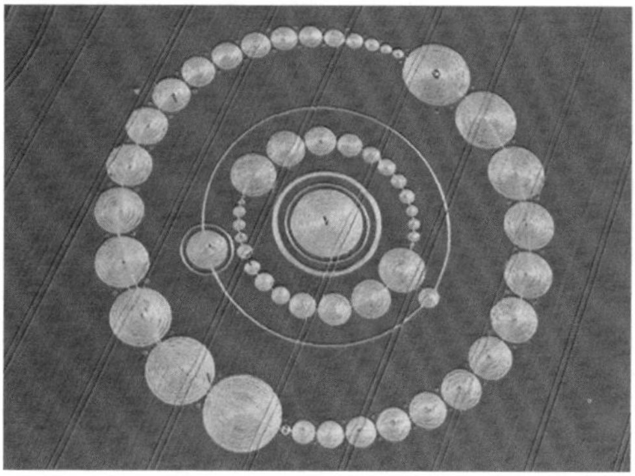

圖 5.12 ➲ 英國薩塞克斯郡風車山（Sussex, UK）。

圖 5.13 ➲ 英國多塞特郡糖山（Dorset, UK）。

如你所看到的，麥田圈的精密

度和複雜性相當驚人。仔細看看這幾張照片，你馬上會了解宣稱這些是人類創造的（在幾小時，有時候甚至幾分鐘之內）是不合理的。僅僅視覺所見，以及知道這些圖案是多麼迅速地完成，就足夠證明這裡發生了不尋常的事情。除此之外，還有很多科學證據能輔助證明。

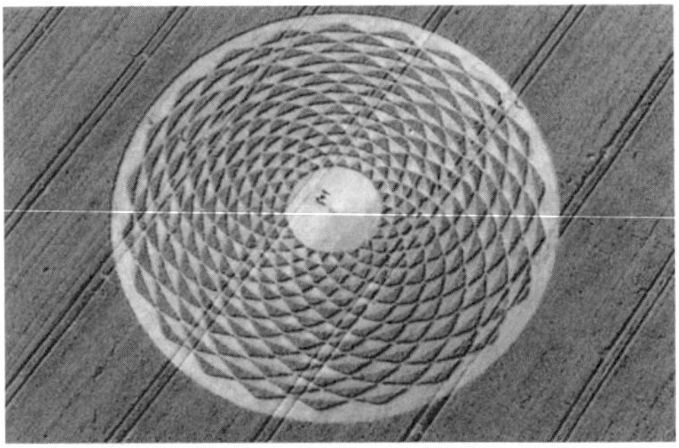

圖 5.14 ➲ 英國威爾特郡查希爾（Wiltshire, UK）

圖 5.15 ➲ 英國威爾特郡。

麥田圈上不尋常的科學

一九九一年，兩位美國核物理學家麥可・裘洛斯特（Michael Chorost）和馬歇・杜得利（Marshall Dudley）對麥田圈進行多次的測試。讓他們印象深刻的第一件事，是完美的農作物旋轉。裘洛斯特起初是一個懷疑論者，卻表示這些麥田圈是「技術和藝術的傑作」。在將種子和泥土樣本放到實驗室經過嚴格的檢驗後，他們發現泥土包含了至少四種大自然不會產生的短壽命放射性同位素。他們也提到「這些同位素跟從原子測試、核能電廠或車諾比事故所排放的不一樣」。

基本上，在麥田圈裡面的泥土比外面的泥土多二至三倍的放射性。科學家提到：「我們仔細地考慮各種一般原因：天然的放射性核種、宇生放射性核種、樣本瓶汙染、機場X光檢測器、熱中子催化劑，以及由惡作劇者從醫院帶出的廢棄物汙染，但沒有一個具有效來源[33]。」

他們也要求分子生物學家凱文・佛塔（Kevin Folta）分析麥田圈中植物的基因樣本，並發現它們受到放射線相當大的影響[34]。另外一名科學家，李文古德博士（Dr. Levengood）獨自在全球的麥田圈植物中，發現一致的異常現象，包括莖節腫大、細胞壁核增加、多胚現象、種子萌芽率增加，以及氧化和還原特性的變化[35]，這讓人想到植物受到短暫突發的加熱和冷卻。

但也許最有趣的是，麥田圈不會威脅到踏入裡面的人的健康（除了有非常短暫的頭昏眼花和噁心）。到目前為止，儘管有放射線存在的證據，數十萬到過麥田圈的訪客都不曾提到有長期的健康問題。這說明不論這是什麼類型的放射線，都不是我們平常在地球上習慣看到的。

其他的科學家也發現麥田圈上方的電磁場常常有神祕的靜電電荷，而且在麥田上有奇怪的磁性微粒。相反地，被確認是惡作劇的麥田圈，設計上還是比較劣質，沒有顯示相同的放射線或電磁現象。惡作劇者漠視這些明顯的論點，而且也認為我們正在討論的明確證據都是不合理的，但這些證據其實可以提供事情的真正樣貌。

如果目前為止，每件我們所提供的證據，還不足以證明外星人到過地球，我們還有目擊者的敘述，也有來自政府最高層級和軍方告密者的證詞作為佐證。

揭密者證實真相

現在我們就從前空軍飛行員和太空人戈登·庫伯（Gordon Cooper）的故事開始。庫伯曾經公開談論他和其他空軍飛行員，在一九五一年親自目睹的幽浮事件。他們駕駛著噴射機時，看見將近數百艘巨大的幽浮，以非常高的高度列隊飛行，而這種高度是噴射機無法到達的，這群大幽浮艦隊停留了一天半。飛行員將這事件記錄下來並寄給了政府，結果政府卻不予以理會[35]。

六年後，一九五七年，當柯倫納·庫伯（Colonel Cooper）在位於加州，愛德華空軍基地指導飛行測試時，和幽浮有另外一次的相遇。當一艘碟型飛行器接近並降落在附近時，他的軍事攝影小組正好在基地錄影。他們開始拍攝這艘碟型飛行器，但當他們非常靠近時，碟型飛行器收回它的起落架，在空中盤旋，接著以驚人的速度起飛。攝影小組馬上將這些影片提供給庫伯，而且發現相機都拍到了這些畫面。當庫柏沖洗並看過影片後，他遵循所有正確規定向上呈報，同時寄到華盛頓，但令他驚訝的是，從此沒有下文。

值得注意的是，在一九五一年和一九五七年的事件中，庫伯和其他飛行員看到的飛碟，和我們在歷史藝術品及現代圖畫上看到的非常相似。在與新聞記者約蘭達・加斯金斯（Yolanda Gaskins）的訪談中，庫伯以科學的角度來解釋飛碟這個形狀的意義。他表示碟型是非常具空氣動力學的，能夠以巨大的速度穿過大氣，而且不會造成震波（因此可以悄無聲息）。這可以解釋為什麼在整個歷史上，我們常會看見相同形狀的飛碟。古文明和過去的藝術家不會這麼巧地，都想像到相同形狀的飛行物在天空飛行。較為合理的說法是，他們描述的都是真實且十分先進的飛行器。

記住，這是前美國空軍飛行員和太空人，以及他的很多同事都目擊到的事情。他不只沒有理由捏造，而且假如他想這樣做，將會有很嚴重的後果。如果你是值得欽佩和令人尊敬的空軍飛行員和太空人，不可能甘冒風險說出這種事情，除非這件事百分之百是真的，而且你完全知道所有真相。

現在我們來討論一位更高層級官員的證詞。他是一位令人尊敬，而且具有公眾形象的人，如果談論這種媒體和許多主流科學家斥為「非主流」的話題，可能會有更嚴重的後果。

二〇一三年，加拿大前國防部長保羅・赫勒（Paul Hellyer），在市民公聽會上，就幽浮事件在前美國國會成員面前作證。

那場公聽會上，他明確地表示：「幽浮就像在我們頭上飛過的飛機一樣真實。」令人難以置信地，他也證實政府的報告已經刊登，確認幾千年來至少有四種外星生物不斷造訪地球[36]。而這個事實也佐證了太空人艾德加・米切爾（Edgar Mitchell）的說法，以及所有我們目前為止看到的歷史證據，從大金字塔不可思議的科技成就，到描繪外星訪客的歷史藝術品，再到從數千年前就擁有精確天文知識的非洲部落，他們表示這些知識是遙遠星系的外星人告訴他們的。

現在你可能對這些資訊感到震驚，但可能更想知道政府如何得知不同的外星物種，甚至知道他們的名字。現在我們正在揭發一個最大的，且政府不欲人知的祕密之一。那就是，數千年來不只各式各樣的外星人造訪過地球，而且世界上主要政府的最高階層，都曾經在地球上和他們有過祕密的直接接觸。而假如你無法相信這件事，可以透過很多內部的揭密者證詞作為證明，我們現在就來談談幾個案例。

第一個是二〇一三年三月五日在美國祕密地點舉行的訪談，對象是一名患有絕症的前中央情報局官員，他在很多年前工作時，和「葛雷」（已知的外星物種）有過實際的直接接觸。

這名官員證實他和外星人有身體上的接觸，這是最高機密，甚至美國總統那時都不知道這件事[37]。

另外一個更激烈的證詞來自前美國中士柯利弗德．斯通（Clifford Stone），一名服役二十二年的退役軍人。他在一個菁英祕密小組工作，被派遣到外星飛碟墜毀地點，找尋外星飛行器和外星人屍體。斯通中士公開證詞，並作證他親自登記了57個外星物種[38]！

因此，諸如前國防部長保羅．赫勒這樣的人，所提供的案例也遠低於所有的事實真相，因為即使是處在他這個位置的人，通常也不知情連總統都不知道的極機密資訊。

眾所周知，斯通中士沒有因為發表這些訊息而獲利，反而常常面對媒體的嘲笑和攻擊，這也說明為什麼他要做這些證詞，因為他肯定認為這些都是完全真實的，而且他覺得讓大家知道是極為重要的。

儘管媒體和大眾不斷地嘲笑，每天還是有愈來愈多內部的人站出來，現在已有數百件被揭露的真相，並直接引用自軍方、政府、美國國家航空暨太空總署、學術界及更多的地方。我這裡所呈現的只是很小一部分。他們有可能**都**說謊嗎？或他們**全都**瘋了嗎？這種機率不只微乎其微，且像我之前提過的，當你工作一輩子達到某個令人尊敬的位置，你最不想做的，就是冒著被大眾羞辱的危險去說謊或隨便想像。你會失去很多，而且不會獲利——除非你說的都是真的，而你的收穫就是提供全人類真相。

此外，我們不只有這些揭密者的證詞。例如，根據現在正式解密的各種文件，當軍方或商用飛機的飛行員，宣稱他們遇見幽浮以違反已知物理定律的方式，以及我們無法理解的速度移動時，空中和地面雷達的報告時常也證實有這樣的事件。

同樣地，有許多備受尊敬的人，公開宣稱這件事已經持續進行非常久的時間，事實上，是我們已知的整個歷史。赫爾曼·奧伯特是一位德國的物理學家和工程師，出生於奧匈帝國，他被認為是火箭研究和宇宙航行的創始者之一，說了以下這一段話：

「飛碟是真的而且……它們是來自其他太陽系的太空船。我認為它們由有智慧的觀察者操控，是某個種族的成員，可能已經調查我們的地球好幾世紀了[39]。」

布萊恩·奧列里是另外一位前太空人，現在是普林斯頓大學的物理教授，以他多年經驗和研究，直截了當地證實其他每個人的說法：

「很多的證據證明我們和外星人有接觸，而且已經造訪我們多時了。從任何一種傳統唯物論的西方觀點來看，它們的外貌是奇怪的。這些來訪者使用意識科技……它們可以局部的操控時間和空間，因此它們有自己的反重力推進器[40]。」

除了所有我在這裡提出的證據之外，還有**數以百計**有關外星人的主題，和我們在宇宙真實位置的書籍。一旦我們擺脫媒體制約，不要認為外星人的主題就是非主流、不莊重的，我們會發現很多受人敬重的人，已經從各種不同觀點來研究這個主題。從常春藤大學聯盟的世界著名心理學家，到知名的考古學家、研究人員，有許多非常聰明和受人尊敬的人報告了他們的發現，並從眾多的科學研究領域為我們提供不可否認的證據。

有了這些資訊，以及橫跨千年的證據，直到現在，還是存在著一些明確而且有邏輯性的問題。雖然我們可能無法完全了解所有政府隱藏的祕密事項，以及保留這些祕密的目的為何，但我們還是想知道：這些進步的外星文明是誰？關於我們存在的宇宙本質，我們還需要了解哪些事？它們的科技可以幫助我們減輕現在正面臨的環境和社會經濟問題嗎？假如我們揭示隱藏在背後，超出我們想像的宇宙真實，最終會達成世界和平嗎？最後，它們是否已經了解生命的祕密和其餘未揭示的存在祕訣？

果然，這些問題都已經獲得解答，在下一個章節，我們不只發現解答，而且還結合我們目前所學到的，整合為一個有銜接性的框架，這會讓我們很快地了解存在的真實架構。

6 隱藏的存在架構

「在是與非之外，有一片草原，我會在那裡等你」

——魯米

到目前為止，我們已經探究了現實的不同層面，並開始了解肉眼看不到的事物，以及過濾信念避免被誤導。我們也已經審視了所有的科學證據，揭露物理現實的本質是一種幻象，因此開始發現它實際上是一個寬廣的大舞臺。我們也揭露實體生命背後的神祕世界，探究靈性的本質，發現我們在塵世的輪迴間一再拜訪的美好能量領域。除此之外，我們也揭示真實的宇宙歷史，了解在宇宙中我們和其他物種共同體驗奇妙的現實，其實我們並不孤單。

但現在的問題是為什麼。為什麼物理現實僅僅是有說服力的幻象？為什麼有廣大的靈性領域，為什麼我們要持續轉世為人？又為什麼有無數其他的物種和文明一再地造訪地球？

儘管我不相信人類有限的智慧能夠理解這些問題的答案，但有個觀點可以讓它們都變得合理。當然，這只是一個觀點，它不是絕對真理，因為絕對真理很難用言語形容。語言是幫助指引真理的符號，但只能靠直接體驗才能真正地了解真理。

雖然如此，符號還是有幫助的，可以形成亟需的架構來幫助理解事物。一旦我們更深入了解，就可以隨時將它當成入口，以進入在符號後面更深刻的真實。當你閱讀這一章節時，請記住這點。我提供的不是新教義或信念系統，而是根據我多年研究，和深刻的個人經驗形成的現實模式，希望有所幫助。

無限的造物主

如果你願意，假設存在一個無限存有，因為它是真正無限的，在它之外沒有任何事物存在，因此它就是萬物，一切為一。它的本質非二元性，因此沒有主體和客體之分，只是存有體。再假設這個無限的本質，非二元性的存有就是純粹的愛。但因為這個存有體本身沒有其他方式來表達愛，所以是以尚未賦能的愛處在一個單純的、無限的可能狀態。

這個存有（Being）決定它要體驗它的完全可能性，為了做到這一點，它分裂為無限個次自我，宇宙因而誕生了。從無差別的無特定形體，出現了有差異的形體，並擁有二元性。現在我們有了主體和客體，我們有了這個**和**那個。

但是這個宇宙（看似與無限的元素和生命體有明顯的區別和分離）實際上無法和造物主分開，因為按照定義，造物主是無限的。當它就是無限時，還有什麼可以存在於無限之外？因此，誕生在這個宇宙中的，只是分離和二元性的**幻象**。現在看似分離的元素或生命，都有自己不同的觀點，是和造物主有所區別的「生命」，但在現實中，分離和二元性只是幻象，因為造物主想要從無限多的觀點體驗自己，並以無限多的方法來體驗它的真實本質（愛），這整個事情是經過設計的。

儘管我們無法在智能上了解這個無限造物主的本質（無限的概念太寬廣，人類的心智是無法完全理解的），但就像我們在第一至第三章讀到的，很多科學證據，說明每個看似分離的物體，實際上是在一個無限中不同頻率的能量振動。因此，哲學上直接證明，造物主不只是創造萬物，它實際上**就是**萬物。事實上，人類最偉大的天才所提供的科學證據，全部說明一個結論：在二元性和分離幻象背後，只有一個意識。

因此，我要說明的是，我們不是由一個與我們分開，居住在與我們分離的某方的全能造物主所創造；相反地，我們是萬能的無限造物主的所有**層面**，它總是包圍著眾生與萬物。假如你是有宗教信仰的，那我要表明，上帝就在眾生與萬物之中，因為它**就是萬物**；它就是一體的意識，以整個實體和非實體的宇宙顯現，並超越，互相糾纏和連結成一體的無限本質。當科學和靈性相遇，就像我們在第三至四章所讀到的，這樣的證據俯拾皆是。

創造物的架構

即使我們了解和接受，我們都是一個無限存在的所有層面，當我們被困在這裡受苦時，造物主也不是遠在我們之外的天空和天堂裡，但我們仍然想知道這一切是如何運作的。它是如何建構的？為什麼有兩種看似實體和非實體的生命？我們會在它們之間沒有目的地的繼續輪迴嗎？宇宙中所有其他生命體呢？和我們一樣，他們也經歷相同的生命旅程嗎？他們在生命的道路上比我們更進化，可以教我們些什麼嗎？

最後結果證明，這些問題的答案，都是來自於我們古老的靈性智慧，或星球之外其他更進化的生命體所教導我們的。接下來是一個創造性的架構模型，它是根據各種不同獨立來源的教義，但它們本質上都是相同的。來源包括人類、外星球，而有些甚至超越實體生命。當來源是人類時，通常都是因為深奧的神祕經驗、瀕死經驗、催眠回溯從前和靈魂出竅經驗而得知的訊息。這個領域最重要的研究者是在第四章所介紹的麥可．紐頓博士、雷蒙德．穆迪博士和朵洛莉絲．侃南。

當來源是外星球或非實體生命（存在於純粹能量的靈性領域的實體）時，則往往是透過通靈對話來傳達資訊。過程中，一個人進入改變意識的狀態（有時候也稱作冥想恍惚狀態），並連結到（或溝通）一個實體，以心靈感應方式接受資訊，然後藉由人類透過自動抄寫和說話翻譯出來。

儘管有一些騙子宣稱會通靈，但也有一些人已經通過科學測試，而他們的腦波顯示出和正常清醒狀態下非常不同的頻率（科學證實他們不是憑空編造故事，而是確實處在由冥想過程中所導致的意識改變）[41]。在這種非清醒狀態下，他們所抄寫的文字或所說的話，會無意識地自動流洩而出。

圖6.1就是從不同來源匯集而成的存在架構，稱為《**一的法則**》（*The Law of One*）[42]，它是一系列有極高評價、複雜的通靈對話書籍，或許是以科學方式最深入研究這

個主題的作品。

任何現實的真實模型都需要包括能量和意識，才能夠將宇宙是一個全像式攝影的幻象真正地顯示出來，它不像看起來的那麼具體。其核心是作為造物主「身體」的一體意識，但**外表看似**很多分離的個體，彼此獨立存在著。為什麼需要包括能量和意識呢？因為所有證據都證實這是科學事實，因此，省略或拒絕它，就不能成為表現真實的真正一體模型。事實上，在這個模型中，物

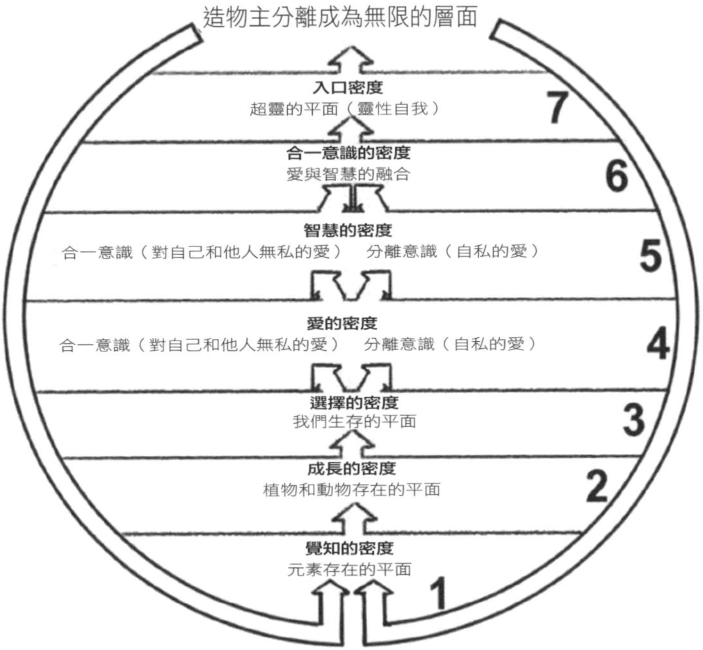

圖 6.1 ➲ 隱藏的存在結構模型，以密度區分。

理學和宇宙哲學（科學和靈性）是一體兩面。

如圖6.1，宇宙和整個創造物包含了存在的多個平面，以不同的能量頻率振動，每一平面被稱為「密度」。根據通靈得到的教導，有七個存在的平面或密度（真正的數量根據密度的特定定義，和其中子密度的內容而不同），比較高的平面，就有較高的能量頻率。但具有不同密度的目的是什麼呢？

前面提過整個實體和非實體宇宙是「主體」，造物主利用它，從無限多的觀點來自我體驗。造物主的終極現實是純粹的愛，因此整個體驗都是為了累積愈來愈多純粹的、無私的愛的經驗。隨著造物主創造愈來愈多無限自我的不同層面（你可以將此視為個別靈魂的誕生），這些靈魂在其旅程中，將藉著學習如何愛別人，而提升到更高的密度，最終返回到無限的、無私的愛。每一密度提供獨特的環境，來幫助靈魂進化，並且有著各自主要的課程和存在狀態。因此，生命和宇宙本身的整體意義，是在二元性的幻象所提供的艱困環境中學習愛的意義。如此一來，我們超越幻象，並回到如造物主一樣的終極非二元性的本質，擴展覺知力和意識，並藉此延續總是存在的衝動，讓愛擴展，並繼續滋長。

有了這樣基本的認識，讓我們開始探究每一密度的本質和目的。

第一密度

最低密度是所有無生物物質的家園。就像在前三章所發現的，萬物都是有意識的，包括我們一直認為是無生命的物質，例如四大元素。雖然這個物質在生物定義中，可能不是有生命的，但以能量的形式來看，它是活的，因此也是有意識的，而意識又是造物主創造中的主體。因此基本上，小至原子，都是有覺察力的，就像我們在第一章雙狹縫實驗所看到的一樣。

雖然我們是人類，但這只是我們目前的暫時形體。在這之前，我們一開始是化身為元素來到實體領域。雖然這種觀念可能有點奇怪，但當我們記得萬物都是能量，而物理形體只是幻象時就會比較合理。在第四章提過的神經外科醫師，伊本．亞歷山大醫師在自身的瀕死經驗中，體驗到的只是意識，沒有自我身分，但卻有著始終存在的覺察力[24]。這就是第一密度存在的經驗，包括數百萬年間，數十萬次不同的輪迴。

第二密度

第二密度是成長的密度，它是植物和動物所存在的能量振動平面。當個別意識完成它的第一密度輪迴就畢業，來到這個存在的第二平面，投胎為植物、樹木，然後動物，每次的輪迴都要學習特定的經驗和課程。

同樣地，大多數人從小被教育，認為植物的生命形式比我們更低等，更不重要。因此便強烈抗拒並全然拒絕投胎在人類身體的意識，曾經作為植物經歷過的這個概念。但請擺脫任何的文化制約，並記住我們目前學到的一切。那就是所有的物理形式只是幻象，萬物都是能量。組成人類的能量，有比組成植物的能量更有價值嗎？萬物都是一體，而且在實體表面背後都是相同的。就像我們在第三章所讀到的，甚至植物們都是有意識和覺察力的，能主動回應人的想法。在這個密度，既然它們都是有生命的，主要的目的就是體驗生長和擴展意識。

第三密度

第三密度是我們目前所存在的意識振動平面（正過渡到第四密度，但過程會比較久）。體驗過非自我覺知的意識和成長，我們現在輪迴投胎為人類，並且首次體驗自我覺知。隨著自我意識開始有了選擇，這說明為什麼這個密度被稱為選擇的密度。

造物主的本質是無私的愛，它以這樣的方式創造現實，賦予它所創造的各層面（即我們）有自由意志。因此，我們不是被強迫來表達愛。一旦到達第三密度，就是來到一個交叉路口，我們要選擇走哪條路。我們可以決定成為仁慈的、親愛的、積極的人，或是殘忍的、自私的、消極的人。當然，在這種選擇中，沒有人是完美的，但問題是，哪一邊是你明顯想要選擇的呢？

如果你還記得第四章的轉世是如何運作的，那麼你就知道成千上萬被催眠回到過去的人，和瀕死經驗者都提過轉世之間的生命所存在的平面，在那裡我們加強每次生命期的課程，接著可以自由選擇下一個生命，包括選擇最能促進我們成長的環境和事件。但我們要朝向哪個方向成長呢？我們最終將朝向了解愛的真正本質，並返回到愛裡面。

因此，藉著學習而察覺到眾生與萬物是一體的，也就是說，學習合一意識，是達成以上目標的方式。我們愈是了解萬物合一，以及分離的本質是幻象，我們就愈會自然地愛人，因為我們認清萬物是我們的一部分，而最終**就是**我們。

然而，因為有自由意志，我們可以選擇專注在分離，而不是一體性。這就是分離的意識。在第三密度，我們受到分離意識極大程度的折磨，因為在這個階段，我們覺得和真正的來源無法連結。無論什麼時候進入實體輪迴，並選擇過另外一個人生時，總有一層遺忘面紗籠罩著我們，因此我們很認真地看待幻象，但與此同時，我們認為和彼此、行星以及造物主分離的艱困情況下，才有機會學習真實的愛和同情的意義。當你在有限的知覺下學習愛的課程，它便促進真正有意義的成長。

當然，我們也可以選擇光譜的另一個極端，並全心全意專注在構建分離意識上。自由意志准許這種行為。當這種情況發生時，由於不知道我們與整個宇宙和造物主是一體的，且得到它們的支持，我們生活在恐懼而不是愛中，因此我們會覺得完全被隔離和孤單。當你感覺完全分離和孤單時，你的自然反應是什麼？你會防衛自我，先下手為強。因此，你試圖支配、操控、攻擊和控制別人，你認為除非你先出手，否則就是這樣了。根據**一的法則**，這就是利己的路徑。相反地，愛的道路就是利他的道路。

更簡單地說，它們分別是分離意識和合一意識。

現在，我要說明一個非常非常重要的觀點：正向路徑**不會**優於負面路徑。我知道這可能很難理解，但請聽我說分明。假如我們理解萬物是一體的，那自然包括了宇宙所有負面、邪惡和黑暗面。由於萬物無法存在於一體的無限造物主之外，因為在定義上，**一切**都包含在內。當然，更好理解和接受的方式，就是了解邪惡最終也是幻象，它只是由分離意識所產生的，而分離意識本身就是幻象，因為現實就是沒有分離。請記住這個世界是我們將扮演分離和二元性的大舞臺。同時，參與其中並不是為了決定誰值得拯救，誰應該被定罪；相反地，是為了最終能夠達到唯一真正的現實，就是非二元性、無限的愛。

不將世界劃分為兩個陣營——好人和壞人，正直的人和有罪的人，而是了解在幻象背後，我們都是一體的，這樣對我們是有幫助的。同時有必要理解看似邪惡的人其實正迫切扮演著需要的角色，因為沒有表面邪惡的人，我們要如何學習愛的價值？喜歡充滿愛的人很簡單，但要喜歡殘忍和有傷害性的人，是需要學習的。因此，選擇負面路徑的人，一方面偏離真正的本質，忘記他們與萬物包括和造物主的連結；但另一方面，藉著給在正面路徑的人機會，以更深刻和具有意義的方式，學習愛的真義，他們也間接地服務眾人和造物主。

於是，就產生出所謂處罰的議題。這表示所有的惡行都不會受懲罰嗎？嗯，不完全是這樣。各種不同的教義都清楚、明確地指出因果報應。基本上，自作自受是一個普遍法則。因此，如果你決定選擇負面的路徑並傷害別人，那麼你將在各方面，以及隨後幾世的生命中，為你的選擇而遭受巨大的痛苦。但不要相信一些宗教領袖因自我利益而要你相信的東西。不是由上帝審判和處罰邪惡行為，上帝是**萬物**，它不是分離的存在、監視和審判我們。邪惡行為將根據公正的宇宙法則而受到懲罰，你只不過是自作自受罷了。

當然，你可能覺得奇怪，為什麼壞事會發生在善良的、無罪和充滿愛的人身上。記住我們每個人都曾經活了好幾世，當投胎結束時，因果報應並未結束。因此，看似不好的事情發生在好人身上，只是因果再平衡，出事的人並**不是**受害人。還記得前面提過自由意志的觀念，以及在我們輪迴前，每一個人**選擇**自己的人生，和之後將發生的所有重大事件吧。我們記得在前世帶給別人的創傷，因此常常選擇艱困的環境，以便有機會體驗他人之苦，並藉著從這些經驗所形成的宏觀觀點來培養同情心。

因此，總結最艱困的密度探索，我們最終不是選擇發展合一意識，以及渴望相親相愛並服務他人的路徑，就是選擇分離意識，渴望自私的傷害和支配他人的路徑。大部分人往往選擇前者，正面的路徑，而少數人選擇後者，同時成為壓迫者，並（無意識的）成為教導我們如何無條件愛人的良師。

隨著即將探索更高的密度，我們必須了解，對我們來說它們是無形的，因為它們存在於我們無法察覺的更高振動層面。有些人能夠使用他們的感官，察覺到更高的密度。有時，這些密度的存有們可以選擇降低他們的能量頻率，讓他們自身能被察覺。但一般來說，這些存在的較高平面，以我們人腦有如程式設計般的接收器／傳送器之有限能力，幾乎是不可見的。

第四密度

第三密度是選擇的密度，而第四密度則是愛的密度。在這個存在的平面，這些已經「畢業」或「提升」的人可以體驗他們辛勤勞動的成果。如果我們選擇正面的路徑，並學習愛他人，那麼當我們在第三密度的轉世課程結束時，我們就繼續到第四密度的地球（因為整個行星的意識改變了，我將會在下一章詳細分享），或者另外一個第四密度行星。

從各種確信的方式與第四密度文明的接觸後（透過通靈，或和少數人難得的直接接觸），我們知道在這一密度的現實和我們的完全不同。它就是一個烏托邦或天堂，生氣、嫉妒、貪念、貪心、悲傷……狹隘的情緒，在提升時都釋放了出來，且不再需要有學習目的。現在，焦點放在培養真正愛人的能力。因此，第四密度的文明是心靈感應社會，每個人以合一意識連結成為和諧的集合體，然而在其中，個人也被尊重和照顧。這是合理的，因為無條件的愛是包容的，完全接受的。除此之外，因為整個社會以心靈感應連結，不可能發生不誠實或欺騙。因此沒有犯罪、沒有暴力，也沒有戰爭。這是真實的烏托邦，我們可以在此體驗無數次的輪迴（不管是成為人類，或其他進化成像人的生命形式），並努力地增長我們對無條件之愛的理解與應用。

對選擇負面路徑的人，他們最終也會畢業，但卻完全不是欣喜的。這些靈魂繼續前往有強烈集體分離意識的第四密度行星。這裡是高度壓迫的環境，暴力和戰爭猖獗。我們可以將它們視為地獄世界。繼續投胎到這種世界的人類靈魂，不是因為在地球上的行為而被上帝「處罰」，而只是體驗因果報應的宇宙法則。所謂善有善報，惡有惡報，這是他們的自由意志所選擇的路徑。在實體領域之外，似乎也有地獄，我們不僅從通靈的資訊了解這些，而且還從瀕死經驗的研究而得知，特別是非常受尊敬的研究者南西・埃文斯・布希（Nancy Evans Bush），她以三十年殫精竭慮的研究，寫了一本指標性書籍，《跳舞度過黑暗：痛苦的瀕死經驗》（*Dancing Past the Dark: Distressing Near-Death Experiences*）[43]。

大體上，研究告訴我們，很多人曾經透過瀕死經驗看到地獄般的領域。一聽到這主題就不相信的懷疑論者（我之前也是其中之一），亞歷山大醫師是值得關注的對象，我在第四章曾經提過他。他在沒有腦波活動可以導致想像和幻覺發生的情況下，來到「地獄般」的領域，而這趟旅程，後來又將他的意識帶到一個天堂般的領域，這是在科學上（至今第一次）明確證實「地獄」[24]可能是存在的。

然而，我們必須了解，這和宗教信仰的地獄不一樣，並不是上帝懲罰犯罪的人。如果以正確的科學／靈性背景來理解，它是因果再平衡的**暫時**領域。在這裡，帶給他人巨大痛苦的人，將體驗依照自由意志行事的後果。因此，這不是「審判」所說的，這些壞靈魂不應得到造物主的愛。這只是宇宙學習的機制，還是在造物主**之內**，體驗學習的靈魂還是造物主完整的層面——也就是，即使這是無限智能選擇去經歷的部分經驗，它也跟其他的體驗一樣，是非常合理的——雖然沒有舒適或快樂的感受。

萬一你擔心的話，**一的法則**中，清楚說明只有極度負面的人（在光譜極端負面這一側九五%的部分）需要體驗這樣的領域，來進行他們的因果再平衡（如果比起他們帶給他人的痛苦，還是非常不平衡的）。

回到第四密度，值得注意的是，即使是在負面路徑，第四密度還是被認為是愛的密度，但這不是無條件地付出無私的愛。相反地，這是完全自私的愛，對自我的愛高於一切。它不是終極的真實之愛，而是恐懼偽裝成愛。那些自私自利愛自己的人，是出於令人難以置信的恐懼而這樣做的。因為覺得與萬物完全分離，完全切割，包括他們的來源，因此處在恐懼的深淵。現實是沒有人可以真的和來源分開，但他們可以**相信**他們是，因此這種分離的經驗就成為他們的真理。然而，在第三密度時，大多數的靈魂選擇正面的路徑，因此他們在第四密度的經驗是美好的、無私的愛。

第五密度

在第四密度，經過多次轉世，學習足夠的課程後，存有者、甚至整個行星畢業進入到第五密度，這是一個智慧的密度。現在的課程是學習，並了解宇宙的知識。正面的第五密度文明，使用知識來幫忙並服務其他世界，然而負面的第五密度文明，使用它來控制其他世界（通常幫助還需要學習愛的課程之第三密度行星）。在第五密度平面，身體是半實體，以準備進入第六密度。

第六密度

在這個密度，存有者主要是投胎為非物理實體（他們如果想選擇成為實體形體，任何時間都可以）。在這時候，他們已經不再感覺是分離的自我，並合併成為奇妙和幸福的集體自我。實質上，他們成為整個星球的意識，融合在一起，成為一個身分。他們不再像我們目前一樣，以個別的靈魂體驗自己，而是結合成一個集體，體驗在所有存有者後面更多的真實合一。

有意思的是，負面路徑和正面路徑在第六密度再結合。這是怎麼發生的？看似邪惡的存有者，如何突然變得正面善良？因為第五密度是智慧的密度，在結束時，這些存有者學習了足夠的宇宙智慧，終於漸漸了解終極的真實。他們了解，如果一直處在負面路徑，將沒辦法更進化，而他們想進化的強烈欲望，讓他們及時並且完全地轉化成正面。

同樣地，我們已經如此習慣於罪惡與邪惡的存在，我們無法了解這些存有者，為何能獲得幸福意識的「獎勵」。但請記住位於分離幻象後面無限一體的現實。這個現實不是理論，也不是藉由通靈所得到的資訊。回想第一章，以及回想科學已經證明分離是一種幻象，同時記住，存在的整個重點**不是**分離善與惡，也不是看誰應該得到上帝的愛和認可，誰又應該被譴責。相反地，這是為了體驗每個可能的層面，而且在過程中獲得經驗，以擴展並重新和我們真正所屬的無限非二元性的愛結合。因此，我們可以了解**眾生**終將結束在同一地方，**所有存有者**終將和造物主團聚，沒有人會被遺漏。因為，按照定義，造物主就是宇宙眾生萬物，而且不會和創造物分離。存有者之間唯一不同的是他們選擇回家的路徑，有些選擇較輕鬆的正面路徑，有些選擇極其痛苦困難的負面路徑，但後者在到達第六密度時，已經經歷很大痛苦，而且已經平衡長久以來他們累積傷害別人的所有因果報應。

仔細想想所有這些，你會了解以這種方式看待造物較合理得多，而不是將「他」視為是分離、審判的存有者。**無條件**這個字無論如何是不能和審判共存的。你不能說上帝的愛是無條件的，而又說上帝審判和處罰人，這個說法是矛盾的。這兩種特質不能同時存在，因為審判和處罰都意味著條件。但這不是說，在造物主的宇宙中沒有公平正義，其實是有正義存在，只是它是以因果法則的形式出現，為了再平衡能量，並且成為愛的導師，與看似分離的靈魂相遇。並沒有一個審判的造物主，對不遵從他的意志之人充滿報復心和憤怒。一個圍繞眾生，無限且無條件愛人的造物主，比分離、有限且有條件審判的造物主，是不是具有更深刻的涵義呢？

第七密度

我們對第七密度的了解很有限，因為到達這個存在平面的存有者，都達到接近完整和永恆的狀態，他們已準備好和太一無限造物主再結合，並完全了解他們的身分就是宇宙眾生萬物。現在他們是純粹意識，或甚至超越所有意識（這代表主體和客體的存在）之非二元性覺知。大體上，這是所有的旅程，沒有真正的距離，並且回歸到真實的自我、超越時空的永恆一體。

來自美國國家航空暨太空總署的直接證據

如果你先前沒有接觸這類的資訊，而且它們似乎也有點「與我們脫節」，我能理解。我們一直被告知，只有人類存在於地球以及這個宇宙（當然是太陽系），因此可能很難接受有比我們更進步、更進化的文明存在，還能與我們溝通，甚至分享宇宙和存在的祕密真相。但直接來自NASA的證據，似乎證實了許多外星和超次元的通靈資料。

例如，讓我們來看看支持**一的法則**通靈資料所提出的證據，這是以最完整的科學方式來描述宇宙的架構。**一的法則**，其源頭宣稱是第六密度的集體意識，從第三、第四到第五密度時，它曾經以實體群體存在過。它們說它們是源自二十多億年前，在我們的太陽系各地留下建築物（如金字塔、方尖碑和其他紀念碑），而且直到今天依然屹立著。

這是令人難以置信的主張，而且因為它們的聳動性，我們往往不予理會。幸運地，一些傑出調查研究員更深入地調查過去這幾年由NASA公布的照片，並注意到一些吸引人的異常現象。當然，我們很少聽說過這些，因為不需要很好的想像力，就能了解一些企業和政府為了既得利益，將外星人的存在（和它們高度進步的科技）視為不能公開的祕密。然而，有很多受敬重的研究者寫書，並進行這方面完整的報告說明。因此實際上我們有一批證據顯示古老遺跡確實存在且高度進步，古老的外星文明曾經殖民過我們整個太陽系，就像各式各樣不同的通靈資料，例如**一的法則**所宣稱的一樣。下圖是複製於大衛・威爾科克的重要書籍《靈性揚升》（*The Ascension Mysteries*）[44]中的一個小圖像樣本，能夠幫助我們更深入探究這個主題。

在圖6.2 NASA所提供的照片中，可以看到在這個衛星（火星的其中一個衛星）表面，有一個很清楚但不自然的物體，它是矩形（自然界不會產生矩形物體）、金屬製的，並投影出一個長長的影子。這是一張非常清楚的照片，提供令人信服的證據，證明有

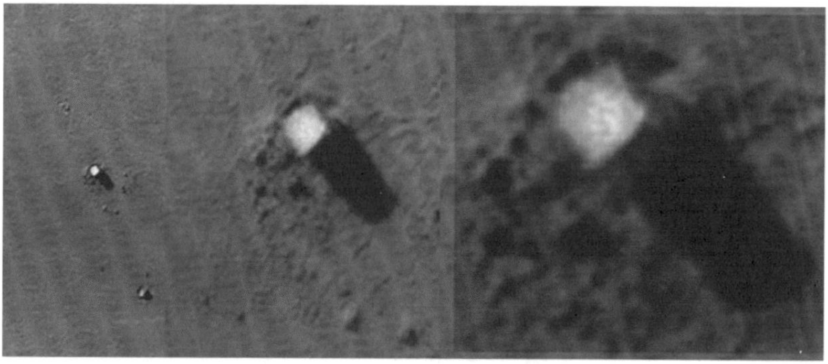

圖 6.2 ➲ 在火衛一上的單塊巨石（火星的其中一個衛星的表面）。

一座非自然的紀念碑，這可以證實NASA太空人伯茲・艾德林（Buzz Aldrin）的公開聲明，在火星的衛星之一存在著一個巨石結構[44]。

圖6.3是一張呈現月亮的照片（我們從來沒看過的月亮的背面），可以清楚地看到六個大型方尖碑的陰影（很像華盛頓・哥倫比亞特區紀念碑）。自然界無法製造像這樣的方尖碑建築，而且它也讓很多主流科學家想不透。考古學家注意到它看起來非常像史前考古遺址，其他科學家甚至想要像威爾科克[44]一樣，稱這個區域為「紀念碑山谷」。這很清楚地顯示，它不是我們平常所觀察到的自然現象。

最後，在圖6.4顯示的這張令人震驚的NASA照片中，我們可以清楚看見照片右上方，有一個在火星表面的巨大臉部紀念碑。往左邊看，有「一整區」的金字塔。同樣地，自然界也不會創造完美形狀的金字塔。甚至更有意思的，如大衛・威爾科克提

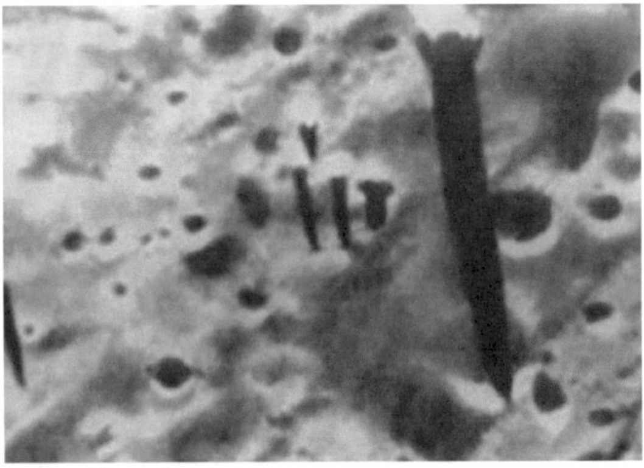

圖 6.3 ➲ 原來的 NASA 月球人造衛星 2 圖像 LO2-61H3，所顯示的月球方尖碑。

到的，研究員理查．C．霍格蘭（Richard C. Hoagland）曾經使用科學證據，證明臉部是一個人工建造，一英里寬的紀念碑，具有對稱的人類特徵，以及這個金字塔群具有李奧納多．達文西所創作的維特魯威人（Vitruvian Man）[44]完美比例。確實，攝影專家、獨立科學家和數學家研究了這些照片，並發現令人難以置信的對稱性，他們指出這些對稱性本質上顯然是人造的。

神奇的世界

誠如你所看到的，就像**一的法則**和其他受重視的通靈資料所宣稱的，在整個太陽系確實都有人造建築物。這不只證明我們並不孤單，如果與大量的確鑿證據及科學證明結合，除了證明通靈資料的合理與可信，關於其中所告訴我們的，我們所處世界的

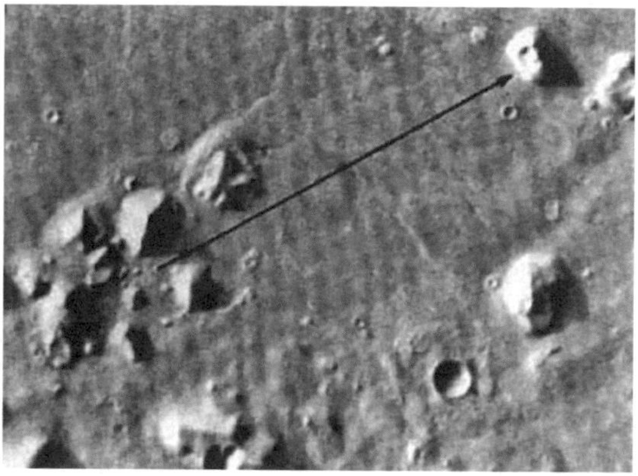

圖 6.4 ➲ NASA 維京號鏡頭 35A76 放大圖，顯示在火星上的臉部和金字塔。

現實架構也同樣具合理與可信性。

當我們開放心胸，質疑之前所持有的信仰時，我們發現沒有一件和我們所學的內容是一樣的。我們的存在一點也不枯燥無聊，相反地，我們生活在一個神奇的世界卻不自知。在我們周遭有著智慧文明、其他領域、不同維度，以及一個精確設計的架構，引導著它往前進化，帶領我們回到創造的核心，這是一個在現實中我們從未離開的家。這不是科幻和奇幻電影，這是真正的生活。

記住這點，讓我們帶著目前為止所學到的知識，並開始實踐它。這些知識要如何真正地轉化我們的生命？這個隱而未明的現實可以運用在日常生活，引導我們獲得一直在追尋的快樂、平靜和真正的滿足嗎？如果這樣，整個世界是否有希望改變呢？

在第二部分，我們將探究這些主題，從已經開始的宇宙轉變開始，接著深入了解如何過著覺醒生活的詳細方法，並在其中體驗愛與和平。

第 2 部

覺醒

「只有當你能夠內省，自我察覺，你的視野才會清晰。
向外追求者，如同做夢；向內審視者，如同覺醒。」
——卡爾·榮格

7 轉變的開始

「黃金時代在我們的面前，而不是身後。」

——威廉．莎士比亞

我們所生活的這個瘋狂世界，即將結束狂亂的狀態，這對我們所有人都是好消息。某種程度的狂亂往往是第三密度的特徵，因為在這個存在的層面，我們仍在學習愛，同時看似與我們的起源分離。在這個層次，分離的幻象非常強烈，因而產生恐懼並導致衝突。因此對於轉化來到這裡的靈魂，這是一個非常具有挑戰性的學習環境，但這一切即將改變。

你可能聽說過馬雅曆法，它結束於二〇一二年十二月。許多人預言那就是世界末日，但顯然沒有應驗。這個受到如此多人（包括很多受人尊敬的科學家）尊崇的神祕曆法，是不是還有更多值得探索的部分呢？我可以簡短又響亮的回答：**是的**。

進化中的量子跳躍演進

事實證明，現代天文學家已經發現，我們的太陽系圍繞著相鄰的褐矮星（使用先進的望遠鏡也很難看到的星星）軌道運行一圈約二五九二〇年[45]。透過測量引力拉扯的效果，他們也發現，我們的太陽可能是聯星系統的一部分（即有兩個太陽相互繞行）。

馬雅人當時已經知道這種天文現象，並據此編製他們的整個曆法。二五九二〇年的週期，馬雅人稱為「歲差年」（Great Year），可以進一步分為12個相等的週期，每週期為二一六〇年，後來就稱為「黃道帶十二宮」。馬雅曆法顯示，二〇一二年十二月是雙魚座時代的結束，也是下一個水瓶座時代的開始。更重要的是，它也代表整個二五九二〇年週期的結束。

到目前為止，很清楚地，所有古代文明似乎都擁有比我們今天更先進的宇宙知識，並且和非常進步的外星文明有某種互動，分享著他們的知識。也許與我們更相關的是，如果我們研究世界歷史，會發現在歲差年週期結束時，發生了一些真正令人難以置信的變化。

大衛．威爾科克是研究意識和古代文明的傑出作家，在他的著作《同步鍵：超宇宙意識關鍵報告》（*The Synchronicity Key: The Hidden Intelligence Guiding the Universe and You*）一書中討論了這一現象，並且提出人類進化是根據二五九二〇年週期[45]發展的可靠科學證據。也就是說，如果我們回顧歷史上大約五萬年前（即兩個週期前），我們發現那時候發生了一些非常奇怪的事情。在那之前，地球上沒有人使用比粗糙的石刀片更複雜的工具。但是人類學家發現，就在這個時候，世界各地的人們突然開始製作樂器、藝術品、宗教性雕刻品、魚叉、尖頭用具、針和串珠首飾。

想像一下，分布在世界各地的人類，突然同時從使用粗糙的工具進化到精緻的藝術發展，怎麼可能發生這種情況？這些古老的社會受阻於巨大陸地和浩瀚海洋，彼此分隔，之間沒有任何聯繫。然而，他們突然開始以非常相似的方式同時製作音樂、藝術品、珠寶和武器？很明顯地，這不是我們被教導並相信的——痛苦而緩慢的隨機進化論所導致的結果。世界上每個人的智商似乎都同時提升，突然變得更加聰明，這種隨機演變的可能性實在是太低了。

那麼，在最後一個週期，也就是大約二萬六千年前，到底發生了什麼事呢？那正是尼安德塔人（Neanderthals）消失的時候。大多數人類學家對它們的滅絕感到非常困惑，並且一直無法找到尼安德塔人和人類之間的過渡物種。但是，如果尼安德塔人不只是滅亡了，而是**轉化**為現代人呢？同樣地，根據傳統的進化論，這種巨大的進化轉變不可能在如此短的時間內發生，可能需要數百萬年才能完成。然而，它就是突然發生了。

所以，到底是怎麼一回事？看起來似乎不是查爾斯·達爾文所提出的緩慢隨機的進化，也就是生物需要在很長一段時間內因為適應和變異而演化。相反地，實際上發生的瞬時**量子跳躍**演進僅在一代或兩代左右便進化完成。更有趣的是，它們一直是每隔約二萬六千年發生一次。

怎麼會這樣？這和我們在學校所學的不一樣。但是現在，對於現實與我們所學完全不同，你應該不會太驚訝。事實上，大多數受人尊敬的非主流（即非企業控制的）科學家告訴我們，達爾文的進化論確實存在無數的漏洞[46]，而其中任何一項都可以徹底瓦解整個理論。

這並不是說沒有進化的過程，或者萬物都沒有進化。只是，進化未必就是物競天擇和適者生存的漸進隨機過程。結果證明，它根本不是隨機的，也一定不是有系統性的漸進過程，它不被接受，不僅是因為進化中突然的量子跳躍，也因為沒有先前進化的過渡物種痕跡，我們完全找不到部分「劣等」物種[46]的化石記錄，這些「劣等」物種都是無法成功通過「適者生存」測試的物種，因此沒有演化成目前所看到的新物種，我們理應發現它們的化石，但卻無處可尋。

太陽的神祕力量

因此，接下來我們要問的一個很合理的問題是：如果進化顯然是在精確的大週期中突然的量子跳躍演進，而且我們剛剛在二〇一二年完成了這樣一個週期，那麼接著會發生什麼事呢？究竟是什麼導致它發生呢？

非常受人尊敬的研究人員在各種書籍中都提出很精彩的答案，最著名的是大衛．威爾科克的《同步鍵：超宇宙意識關鍵報告》[45]。在書中，他收集了來自世界各地獨立科學家的大量研究，顯示出我們的整個進化和太陽有關。事實上，像亞歷山大．柴傑夫斯基（Alexander Tchijevsky）這樣的科學家，已經非常確鑿地證明太陽黑子活動對人類具有直接、強大的影響。他研究了二五〇〇年的世界歷史，令他驚訝的是，我們歷史上八〇％的重大事件，都發生在太陽黑子活動的高峰時期，這時會爆發巨大的太陽閃焰。

威爾科克之前具有指標性的著作《源場：超自然關鍵報告》的研究，證明光子直接影響去氧核糖核酸（DNA），而當這個研究與上述理論相結合時，我們得出了一個非常重要且令人驚訝的結論：太陽導致了我們在二萬六千年的週期結束時，所看到進化量子跳躍演進。更具體的說，各種科學研究最終已經證明，光基本上具有改變DNA結構的能力。威爾科克也提到，最不可思議的研究來自DNA專家彼得・卡里耶夫博士（Peter Gariaev）[7]。

卡里耶夫博士進行了實驗，他藉著用光操控DNA，將一個物種變成另一個物種。基本上，他發射綠色雷射光穿過蠑螈卵，然後將光束重新導向到青蛙卵，結果令人驚訝地發現，青蛙卵變成了蠑螈卵。後來他發現雖然這些蠑螈是由青蛙的基因產生的，但牠們還是像蠑螈一樣地生活，並且可以與其他蠑螈一起繁殖出正常、健康的後代。他後來嘗試用其他各種卵進行實驗，藉著使用特殊的雷射光，也都能夠成功複製，將一個物種轉換成另一個物種。

這樣創新的發現應該會成為世界頭條新聞，但大多數人卻沒有聽到任何相關消息。當獨立科學家發現可能會撼動人類的世界觀，並且正面改變世界的重要結論時，似乎當權派就會利用主流科學和媒體的控制來扼殺它。

但這一切都即將改變。當你將這些發現結合在一起時，你會得出一個令人難以置信的結論，那就是，如果最終已經證明光可以改變DNA的結構，並且光源（我們的太陽）會直接影響世界各地文明的興衰，那麼太陽是不是有可能造成大約每二萬六千年就會發生的進化的量子跳躍演進呢？

很可能在每一個大週期結束時（前後幾年的時間範圍內），太陽爆發巨大的太陽閃焰，有能力改變這個星球上**每個**生物的DNA結構，包括我們。這樣的事件將充分解釋人類在五萬年前智力為何突然大幅提升，以及尼安德塔人在大約二萬五千年前如何突然消失，並可能演變為現代人。

那現在會發生什麼事呢？

但如果我們剛剛結束另一個二五九二〇年的週期，那麼現在不是應該會發生大事了？事實證明，科學家們已經注意到近年來太陽發出的能量要高得多，而且某些物理學家——其中最著名的是紀錄片《太陽能革命》（*Solar Revolution*）的幕後推手德國物理學家迪特・布魯斯（Dieter Broers）——相信即將發生某種改變世界的事件[47]。

這一次我們即將遭遇的量子跳躍演進是什麼呢？許多知名科學家認為，這將是一種令人難以置信的能力逐漸累積，例如心靈感應（透過思考進行溝通）、心靈傳動（用我們的思維移動物體的能力）、使用超自然力造成的飄浮等等。但比這些能力更重要的是，它在精神方面的涵義。根據來自諸如**一的法則**等理念之說法，行星轉變到更高密度的方式，是透過由每個行星的太陽所控制的機制，而太陽在每個週期結束時，經由巨大的太陽閃焰，釋放大量的高振動能量。這意味著巨大的太陽閃焰，不僅會改變我們所知道的實體生命，還代表在靈性方面，地球朝向第四密度的轉變。

當然，這是值得慶祝的偉大志業。如果你還記得，第四密度是愛的密度，在此密度，行星是在烏托邦的狀態，眾生在更高的存有振動狀態下，轉而學習純粹的、無私的愛的功課。因此，隨著地球轉移到第四密度，它將是歷史上，由許多靈性和宗教傳統所預言的人類的黃金年代。事實上，正如大衛・威爾科克在二十年殫精竭慮的研究後所發現的，三十五個不同的宗教和靈性團體都曾經預言即將到來的黃金年代。

當然，對於走在負面、服務自我道路的少數人來說，將不樂見這樣的發展。因為巨大的太陽閃焰包含大量的高振動「正」能量，這是將行星轉移到正面的第四密度所需的能量，具有負能量的人會無法應對。因此，可能導致心理崩潰和其他問題，這就是一些宗教傳統所稱的「審判日」。

再一次的，我相信宗教領袖們可能又會扭曲這個說法，以製造恐懼和對信徒的權威。在我看來，這不是上帝將憤怒發洩在我們身上的日子（因為無條件愛人的造物主，怎麼可能具有人類才有的憤怒情緒），而是一個自然的進化分界點，它就像分隔負面和正面能量兩條路徑的一個實質分叉點。請記住這是自由選擇的密度，最後我們會面對選擇的後果。

當然，對於正面信仰觀念的人，這種轉變將是一種積極的，有轉化性的體驗，我們將經歷一個逐步擺脫狹隘情緒的過程，並達到某種靈性的量子跳躍演進。

從通靈得到的訊息、科學或宗教預言，我們無法完全清楚這樣的事件將以**什麼方式**、在什麼時段發生。然而，我們**確實**清楚地知道太陽閃焰何時爆發，而且地球上的每個人都將感覺到某種重要、前所未有的事情即將發生，並逐漸成為預言中提到的黃金年代之觸發器。不過，可能需要很多年才能完全出現明顯的世界變化，因為這是一個過程，而不是一次性事件。這種變化很可能包括全球性揭露外星世界的存在，釋出已經長時間被企業壟斷的自由能源和治療技術，徹底重組金融體系使其更加公平，公布先進的反重力車輛（目前稱為不明飛行物），以及因為這些而有效結束全球性的飢餓、疾病、戰爭和對環境的破壞。

我們所要扮演的角色

但很重要的，我們要了解，這個黃金年代不會自行來臨，而是需要由我們集體的意識**引發**。

現在回想前面所說的，在分離的幻象背後，宇宙中的萬物實際上都是互相連結的。因此，這種物理／靈性進化的量子跳躍，與我們的集體意識息息相關。如果我們的群眾意識能夠正面地發展，那麼在二〇一二年最後一個週期結束時，就是觸發轉移到這個理想現實的契機。但是在一個週期結束，和下一個週期開始之間有一段時間空檔，現在我們就處在這個關鍵時刻。

正如我所提到的，每一個主要的宗教和靈性教導，都預告黃金年代的到來，而這些靈性教導往往直接來自異次元，或受到它們的影響。而且因為這些來源超出我們的時空連續統（space-time continuum），因此他們可以清楚地看到我們未來的時間表，這就意味著我們可以放心地知道這種轉變將會發生，也同時預示著黃金年代將在未來幾年內來臨。

但這並不代表我們可以袖手以待。**因為**正在發生的意識覺醒，黃金年代已經出現在我們未來的時間表上。我們每個人都有責任——也是一種榮譽——在這個美好的轉變中發揮作用，並幫助它能夠實現。當我們看新聞，得知世界各地發生的負面事件而感到沮喪時，我們應該記住，這些並沒有準確反映世界狀況。地球是一個比我們所想的更積極正面的環境，我們只是日夜被負面消息轟炸而已。雖然世界上大多數問題都歸咎於極少數的菁英們，他們未能擁有足夠讓我們相信的力量，然而是我們給予他們力量，而我們也能夠輕易地將它收回。

同時也要記住，我們大多數人都是正面積極的，而且正面能量是整合、自然地建立在自身之上，然而負能量會自然崩解——正如在第一章波的相干性中所討論的（見圖1.4）。這表示一個真正積極的人，足以贏過一千個或更多負面思考的人。這不是痴心妄想，而是已經在冥想者的實驗中得到證實（見第二章中，影響整個世界的七千名禪修者的研究）。一些傑出人物也證明了這一點，例如甘地（Gandhi），因為他具有令人難以置信的高層次意識，而能夠打敗整支軍隊，因為意識控制了群眾的正面能量，並因而摧毀一個帝國。

如你所見，黃金年代真的掌握在我們手中。只是因為缺乏認識和負面的制約，才會讓我們目前覺得沒信心。但是制約可以改變，而世界也會隨之轉化。為了幫助大家成為這一轉化的直接參與者，我想謙虛地提供我的指導。十五年來，我一直在學習，並成為靈性的實踐者，雖然我並不完美，也犯了很多錯誤，但我致力於過著充滿慈悲和愛的生活，因此做了很多這樣的練習。我真誠地希望以下章節，以及每一章（包括本章）末尾的覺醒練習，可以幫助轉化你們的生活和我們的世界。

覺醒練習①

你可以隨時做以下練習。我建議每個練習每次至少花五到十分鐘，最長不限，想停留多久都可以。如果你對這些練習有深刻共鳴，也可以每天練習。覺醒練習的設計，主要是幫助你應用所學，提升覺知，並加深自己與自身真實存在的連結。

每次開始練習前，將手機關靜音，試著讓自己不受干擾。舒服地坐著或躺下來，閉上眼睛，緩慢開始。

◆擁抱愛

這個練習的目的，是要發展出對所有人的無私之愛。在日常生活中表達無條件的愛並不容易，尤其想到自己討厭的人，因而擾亂內心平靜時更是如此。所以，這個練習能幫你在安全的內部環境逐漸建立這項技能。

- 做幾次深呼吸，吸吐時放鬆，再回到正常呼吸頻率。
- 感受身體，體會身體的外在知覺與內在的情緒感覺，容許所有感受的存在。慢慢地，將專注力放到內心，讓溫暖的愛在那裡滋長。如果自然而然想起一個你真正關愛的人，就從這裡開始，進而練習讓這份愛擴展成更抽象的愛——本質簡單、不需有目標來投射的愛。從無條件的愛開始，向外擴展，讓這份愛擁抱全身。
- 接著，慢慢讓這份愛擁抱周遭。讓它擴散，擁抱整個家以及家中的人，想像他們全被愛包圍，接著擴及街坊和鄰居，再來到整座城市，想像滿滿的愛籠罩所有人。
- 將這份愛擴散到整個國家。你也一定要想著你並不喜歡，甚至痛恨的人（包含平常認識的人和公眾人物），讓這份愛也擁抱他們。如果想像這點很困難，記住，在幻象背後，他們也跟你一樣是「愛」本身，只不過忘了自己真正的本質，偏離了自身的「起源」而已。

- 繼續讓這份愛擴散到世界各地的人們、大自然和動物。讓愛平等地擁抱所有人事物。
- 現在，這份無邊無界的愛已經籠罩全球，讓那份愛返回，用感恩的愛擁抱自己。意識到你我並無不同，超越分離的幻象，讓愛完全籠罩你。
- 沉浸在這份愛裡，多久都可以。

◆新世界的誕生

在這個練習中，你要想像一個大家都希望存在的大同世界。只要夠多人期望並認為這種未來真的可能發生，就能觸發地球的能量轉動，進而帶動本章所討論的量子跳躍演進。練習時，不只要想像，更要用意識法則來改變現實，這有助於讓你所期望的理想世界成真。

- 做幾次深呼吸，吸吐時放鬆，再回到正常呼吸頻率。

- 在腦海中想像一個值得被稱為「黃金年代」的世界：你和其他共同有合一意識（unity consciousness）的人想要創造出的現實。這個世界沒有貧窮、沒有飢餓、沒有戰爭、沒有暴力或不公不義。想像一個疾病與病痛不存在，人人尊重大地與動物的世界。
- 將自己沉浸在這個充滿和諧、愛與和平的世界中——這是真正的黃金年代，人人合一。你會看到世界上其實不必有國家、邊界之分，如果人與人之間瀰漫著合一精神，彼此有深刻連結，每個人都了解事實上大家不分彼此，你我為一，想像這會讓你有什麼樣的感受。
- 環顧這個世界，想像它不需要使用錢，因為這是一個富足的世界，其中高度先進的技術與自然和諧共存，並提供我們免費的清潔能源、食物、水和住所。在這個世界中，每個人都擁有熱情來創造，並與其他人自由分享。萬物因為愛和無私奉獻而繁榮並生生不息。
- 這是即將到來的嶄新世界，如果以非常愉悅的心情想像其中複雜精密的細節，思維的能量將幫助實現這個大同世界。
- 沉浸在這樣的想像中，多久都可以。

8 覺醒的生活

「自我說：『當生活中的一切都令人滿意時，我將感到平靜。』
心靈說：『找到平靜，那麼生活中的一切將令人滿意。』」

——瑪麗安娜．威廉森

對開始了解現實的真實本質，以及了解第三密度就是選擇密度的人，積極地幫助他人，是非常普遍和自然的反應。我們想幫助別人、對抗不正義和改變世界，讓世界變得更好。我們想要快速轉換到黃金年代，免於戰爭、貧窮和環境破壞，生活在和平、和諧中。以個人來說，我們可能也想要改善停滯不前的職涯和人際關係。但雖然所有這些事情都是美好的，我們仍需要避免掉入只是做，卻不知其**意義**的陷阱。

這是什麼意思呢？首先，記住所謂的現實為整個幻象的真正**目的**，它們最終只有一個目的：學習無條件地愛他人，回到真實的本質，並擴展我們的神性。從這個比較高的觀點來看，我們了解我們在幻象中的**所作所為**都是其次，**如何做**和**為什麼**這麼做，才是比較重要的。父母無條件地愛他們的小孩，每天出自內心溫和地、慈悲地對待別人，是比領導一個龐大的非營利組織對抗全球的不正義，更能幫助世界免於暴政。因為後者做這件事時，他們心中是生氣和懷著憤恨的。

這種說法看起來是有爭議性，而且不符合世界上習慣的思考方式。但從真實的現實本質和存在的真正目的來看，這是合理的。更精確地說，在全球各地積極對抗不正義的人，內心常充滿憤怒和怨恨，這不只**無法學習**到他們在這裡唯一要學的功課，還為這個星球增加更多負面能量，導致更多問題。當然，他們可能減輕了其他人的痛苦，幫助了很多人，但這種方式卻令有破壞性的仇恨循環，因此他們正在對抗的問題還是存在。如果我們使用仇恨來對抗不正義，只是火上加油，永遠不能帶來我們所希望的長久且有意義的改變。

為整個世界服務

鑑於這一切，結論就非常清楚：要轉化我們的生命和世界，我們需要內心充滿愛和同情，甚至當我們採取行動來「打擊」不正義的時候也是如此。我們要讓我們的**內心啟發我們的行動**。當我們心中充滿愛，真正渴望為他人服務時，任何需要做的事都會以最有用的方式自然而然地產生。更重要的，比起生氣地發動內部和外部戰爭來對抗不正義，以壓迫者看待受迫者的角度所來看待壓迫者，會更加有幫助。

我們每一個人選擇了某種才華來到今世，並且服務他人。你可以純粹是個病人或是無偏見的聆聽者。你也可以是藝術家，而且你的藝術品深深地感動人。又或者你是很傑出的領導人，可以發揮作用造成有意義的改變。或者，你也可能有寫作、作曲、烹飪或醫療的才能，各式各樣，不一而足。但基本上，即使某個人的才藝可能感動成千上萬的人，而某個人只感動少數人，沒有哪一個比較重要，因為無論如何，現實就是一個幻象，看似多種狀態，**實際上我們就是一體**。這是真實的科學和靈性，將它記在心中，將幫助你避免掉入陷阱：以為做大事和影響深遠的行為，才是真正的服務大家。

另一件同樣重要的事情是，了解生命中我們最偉大的服務和主要的使命，即是成為真正的自我，如此而已。

我們被制約，相信所謂真正有意義的生活，就是做大事或為後人留下典範。但這些都是以自我為中心的想法，源於一種無意識的無價值感。我們尋求世俗的成功和認可，或希望名留後世的唯一理由，是因為我們覺得不夠完整。甚至希望做一個善良和誠實的人，這種看似謙卑的欲望，最終都是來自根深柢固的無價值感。思考一下，為什麼我們要介意別人是否賞識我們，是不是我們始終覺得自己不值得呢？你是否發覺將世界分隔成好人、誠實的人（我們的陣營）和壞的人（他們的陣營），只是引起優越感，因為我們在好的陣營，而他們不是？事實上，這個通常是宗教基本教義背後的本質，公開宣稱寬恕，但事實上只是批判和責難。

我們的身體自我（常常被稱為「自我」）其實一如它的諸多不同層面，同樣地微妙難以察覺。終極現實是我們**已經**進化完整，也許不是在這個層面，但我們認為的身體自我其實不是全部的我們。我們不是暫時來體驗靈性生活的人類，我們是投胎為人類體驗其生活的靈魂。儘管在最終層面，超越存在的第七平面，我們是真正的完美，與宇宙一體，但在第三密度，我們仍在學習如何展現真正完美的本質。因為時間是一種幻象，很多備受尊敬的科學家，像阿爾伯特·愛因斯坦也如此公開主張，因此萬物最終都是**同時**存在的。我們只是看似隨著時間前進，以個別的靈魂進化，學習愛的課程，並慢慢地讓自己變得完美。

事實上，我們存在於永恆的現在，這是真正的存在。因此，真的不需要努力爭取或感到不足夠。正如你**現在**一樣，你值得無條件的愛。即使你看似不完美，並表現得沒有愛心，你還是有價值的，這就是**無條件**這個字的意義。你無須證明你是值得愛的。你已經在終點線，在幻象的背後。你唯一的角色是成為體驗的管道，以達到真實的你，也就是無限的自我，並希望從無限多的觀點來體驗並擴展自己。

你要怎麼做呢？盡全力地表達愛，才是我們的真正使命。所有其他的任務都是次要的，學習如何盡可能純粹地表達你的存有性，反映出有著終極本質的無條件之愛才是最重要的。當你這樣做的時候，你就是在盡全力地幫助全世界，並過著覺醒的生活，因為你認為**內心**才是重要的，並讓自己從平靜的真實自我受到啟發，開始付出行動。

不易察覺的陷阱

雖然我們想要把內心的真實自我列為優先考慮，但在過程中有一些不易察覺的陷阱，一不小心就容易陷入其中。因此，要具有覺知力，能夠覺察這些陷阱，我們才可能安然地達成最終目標。

陷阱1：快樂VS真正的滿足

假如你問人們人生最想要的是什麼，通常的回答是「要感到快樂」。當然，我們有其他想要追求的事物，像浪漫的愛情、親密的家庭、孩子、成功、錢、物質財富等等，但在這些事情的背後，都是想要快樂這麼簡單的願望。我們想要獲得這些東西，是因為相信它們會帶給我們快樂。當然，擁有這些，本質上並沒有錯，但相信它們能帶來真正的快樂，卻是一個非常大的陷阱，使我們無法達成最深刻的滿足，也不能實現真正的生活目標。

想知道為什麼會這樣，就必須先區別快樂和真正的滿足。我們窮其一生所追求的快樂，常常只是從內心尖叫「請滿足我的欲望！」這種需求。我們都有想要追求的目標，雖然它們看起來很高貴——例如深刻的浪漫愛情、親密的家庭和小孩——但將它們和快樂畫上等號，最終將使我們遠離靈性層級上真實的滿足。因為我們正緊緊抓住身外之物，以「得到」我們在尋找的快樂。當我們非常想要某樣東西的時候，基本上是在說：「**只有**得到我想要的東西，我才能感到快樂。」如果是浪漫愛情，我們會說：「**只有**找到我愛的人，而且他愛我跟我愛他一樣多，我才能感到真正的快樂。」如果是家庭和孩子，我們會說：「只有擁有我愛的、和愛我的親密家庭和小孩，我才能感到真正的快樂。」

當然，這些事情對我們來說都很正常。我們也許明白強烈地渴望金錢和物質財富，並將快樂與它們所帶來的滿足連結在一起是錯誤的，但我們卻不會以同樣方式來看待社會及文化所看重的事物，例如真愛和家庭。這一切的問題並不在於我們渴望的東西（真愛和家庭是美好的事情），真正的問題是，將它們與它們帶來的滿足和快樂畫上等號，就是給予它們控制我們的力量。當你被這些身外之物控制，並讓它們提供你快樂時，會發生什麼事呢？快樂很容易就會消失，並帶來痛苦和苦難。

仔細思考一下，有多少「真愛」最後是以心碎結束？甚至，假設他們是「真正相愛」，如果帶給你幸福的這個人過世了怎麼辦？畢竟，在這個所謂人類的暫時存在狀態，我們終有一死，同樣的事情也會發生在家庭，一個悲劇就可以改變一切。那時所有的幸福呢？它會消失，彷彿宣判我們將生活在無法想像的痛苦中，以及無盡頭、無意義的人生。

當然，我不是暗示我們可以避免這種痛苦，或以某種方法超越苦難而不再感到傷心。但如果我們為了讓自己快樂，而讓**任何**身外之物所役使，那我們就是任憑環境擺中，來決定我們是快樂或是無盡的苦難中。另一方面，如果真正的快樂是來自於內心無限的愛及喜樂，那麼，即使當生活中發生悲劇，我們會感到非常傷心和痛苦，但也不會完全絕望。希望的光還在閃耀，我們仍然過著有意義、滿足和快樂的生活——無論生活中發生什麼事。

這就是覺醒生活的本質。在這種生活中，你不是環境的受害者。這是一種你不會盲目避苦趨樂的生活，也是一種在通往我們最終家園的路途上，讓靈魂不斷進化與前進的生活。當我們將快樂與強烈的欲望畫上等號時，不論這些欲望看起來有多高貴，我們都被避苦趨樂的原則所糾纏。如果我得到我想要的，我就感到高興；得不到我想要的，我就感到痛苦。但是，相反地，當我們轉向內在喜樂的無窮來源，並從中獲得快樂，我們就能從受環境控制的情緒陷阱裡解脫並改變一切。

突然間，我們不再將愛情伴侶視為快樂的來源（因此也可能是帶走快樂的人），反而是更充分、更無條件地分享自己。我們不要求別人是快樂和愛的來源，因此我們接受原本的他們，並讓他們無條件地做自己。如此漸漸地改變了兩人的關係，有更真實的愛的交流，而不是兩個人為了獲得快樂，從對方身上尋求滿足。真正的快樂和持久的滿足，不會來自後者。

相同的原則，也適用在我們和孩子的關係上。假如我們將小孩視為全部的快樂來源，那麼我們終其一生將會因恐懼而癱瘓。如果他們不幸發生什麼事呢？即使我們可能了解，我們將在現實的另一邊再見到他們——因為死亡只是能量形式的一種轉移——但是，當我們還在這個平面時，我們注定會過著像地獄般的生活。但這是生命的意義嗎？在這樣一個巨大可怕的世界中，我們是否覺得自己像是無助的生物，任何艱困或悲慘的環境都可以讓我們的情感崩潰，最終失去我們存在的目的？

至目前為止，我對這件事的觀點非常清楚。當我說連結到心中喜樂的真實來源，並從這個無限的深井汲取靈感時，這不再只是陳腔濫調或善的哲學。正如以科學和靈性觀點所深入探究的，這是現實的真正本質。我們是靈魂，擁有身為人類的經驗，我們的真實本質不只是神聖的，而且是不朽、無限的。我們確實地和「所有一切」連結在一起，從這個觀點上，我們不需要在這個平面直接經驗到，但可以讓它成為心底不受破壞的深層信念。一旦我們培養這種非盲目的信念，將此建立在深層的內部信仰，我們就能夠以此來生活，而不是像被放在快樂的倉鼠輪上——不斷追逐我們永遠無法獲得的東西。現在我們可以更有信心，知道一切最終都是美好的。生活上，我們將不可避免地遭逢挑戰，但即使在經歷不舒服和黑暗的時期，我們真實的本質永遠不會消失。以這種方式生活將進化我們的意識，幫助我們準備轉換到第四密度，同時提升地球的集體意識。

陷阱2：正面思考 VS 吸引力法則

當人們從一個比較高的意識狀態來關心覺醒這個主題時，他們經常會開始探究如何使用心靈的力量來創造更多的正向體驗。這種類型的自我發展是非常有益的，因為它讓我們放棄了受害者思維和自我限制的信念。事實上，因為賣座電影《祕密》（*The Secret*）燃起全球對吸引力法則的興趣（你的思想會吸引你在生活境遇中最充滿感情的想法並因而實現），正面思考也因此出現了全然的改變。雖然我不是說吸引力法則在某種形式上不存在，或正面思考無法有一些正面效果（我曾經在我的生活和職業上廣泛地使用這兩種理念），但在它們看似漂亮的外表下隱藏的陷阱，雖然不那麼明顯但還是值得注意。

當我們了解了現實的真正樣貌，例如思想對實體世界所產生的影響（我們在第二章所看到的科學證據中，有關七千名冥想者的研究是真實的），它可以是強大的東西。

但只明白**一些**情況也是一件危險的事情，這就是正面思考和吸引力法則的虔誠信徒往往會發生的事。他們只了解片面，就是我們的想法可以直接影響我們的物理現實，卻遺漏了宇宙的**靈性**和存在的真實目的。

正面思考和吸引力法則讓我們完全專注在我們想要的東西，因此可以不經意地馬上將我們帶入趨樂避苦的陷阱。我們利用對現實真實本質的理解（不完整的）和心靈的力量，希望並祈禱得到我們想要的東西並帶給我們快樂，雖然是不同的方法，卻一樣落入痛苦的循環。因為我們相信「這將帶給我一直追尋的快樂」，這又掉入另一個陷阱，我們「尋找卻沒有發現」：快樂在我們之外是找不到的，它必須來自內心。

這也是在德爾菲（Delphi）阿波羅廟著名的銘文後面的意義：「認識你自己。」（Know thyself.）這不是要了解你的優點和缺點，而是你認為自己具有什麼樣的身體自我（physical self）人格。你要了解的是你內在真正的神聖本質才能帶來真正的快樂和滿足。這種滿足不是改變生活環境，滿足你的欲望就可以獲得。因為，如果你沒有連結到內在真實的快樂，那麼改變生活環境，就像是在燒毀的房子裡改變家具擺設一樣。當然，你有你「喜歡的」漂亮新家具，但當你整個家都被燒毀了，新家具又真的很重要嗎？

當我們選擇使用正面思考和吸引力法則（透過各種技巧，例如：創造想像）通常會開始主動抗拒負面的想法。我們現在非常注重思想能創造現實的力量，因此自然想要排除負面想法。我們被告知，生活會顯現出自身專注和關心的事情，自然就不想專注在心中負面和黑暗的部分，但這就是最大的陷阱。要了解為什麼，你得記住現實的**整個**本質，和我們存在的終極目的。

我們的存在，不是只為了心中的欲望，希望得到我們想要的東西。我們在這裡（特別是存在的第三密度平面）是為了在非常具說服力的分離幻象中，學習如何選擇，並無條件愛他人，這是個有挑戰性的課堂，在這裡我們開始學習無條件的愛。如果在自然神聖和完美的狀態下，與我們的來源保持完全的連結，學習愛是很簡單的。**儘管**我們有各種理由無法去愛他人，但還是努力做到，我們才能了解愛的真義（這就是我們的**本性**），並且透過學習如何去愛來擴展愛的本質。無條件的愛不只適用於傷害我們的人，也適用於**我們自己**。

如果你仔細思考這件事，會發現我們常常對自己很嚴苛。我們都想要自己和善、慈悲、誠實、愛他人，但當我們達不到這些高標準時（這常常發生），我們往往很嚴厲地批判自己，並感到深深地愧疚或自責，進而產生不和善的想法和負面情緒。

現在如果我們剛好要藉著正面的思考和情緒，努力去獲得我們期望的東西，那麼當我們出現負面的思維和情緒時，我們會覺得受到威脅、感到害怕。我們開始認為負面思想和情緒，不只會讓我們得不到期望的東西，也會使生活境遇變差。其實這就是最大的陷阱所在。我們投胎進入肉體化身，是為了學習如何選擇無條件愛他人的功課。其中我們可以選擇的一個主要方法，就是透過擔負一個不完美的實體角色，這不是真正的我們，而是用來學習的臨時工具。我們要如何使用這個工具來進行深度學習呢？藉著持續地寬恕和同情來面對不完美。因為，除了完全的寬恕和同情，無條件的愛還能是什麼呢？

所以你明白，你無須逃避在自己身上發現的黑暗面和負面情緒，或認為它是壞的或罪惡的。你這麼做，不是真的擺脫它們，只是將它們壓抑到潛意識裡面，它們依舊在那裡。表面上你可以假裝它們消失了而感覺良好，但這並沒有改變任何事。因此，我們的想法不是試圖擺脫它，因為它讓你覺得自己是一個壞人，而是要記住，你不僅不是一個壞人，而且**你甚至不是一個人**。你是靈性（Spirit），具有作為人的經驗。你非常明確地選擇這種體驗，以便可以更深刻理解愛，並從體驗中擴展你的本質，因此你**選擇**投胎為一個不完美的人。這可以視作是對人類的墮落這一宗教概念更為正確的詮釋。在伊甸園，你**從來不是**人類的完美狀態，由於你與生俱來的罪惡自我，而從恩典中墮落。但事實上，你（依舊在空間和時間的幻象背後）是**靈性**，處於一個完美的狀態，你選擇「墮落」不是因為你有罪，而是有目的的處在不完美及表面看似分離的環境中，更具挑戰性地學習無條件的愛。

從這個角度來看，我們常自我批判和討厭的負面情緒與黑暗面，就有了新的意義。現在，我們不壓抑它們，並給予關注，不擔心這些缺點對我們的影響，也不擔心我們會吸引到什麼；相反地，我們讓負面情緒和黑暗面發出愛的光芒，並毫不畏懼地將它們顯現出來。當我們意識到之前沒有意識到的情緒時，它就失去了控制我們的力量。現在我們不再自動地對內心的惡魔做出反應，而是**有意識的回應**，也就是接受、同情、寬容和愛。

所有宗教的真實訊息

假如你在一個宗教家庭長大，被教導相信活在罪中，和存在著一個審判的造物主，你可能很難接受真正無條件接納和寬恕這個主題。但讓我們來思考宗教背後的真實教義。事實上，大部分的宗教都是教導我們愛與寬恕。耶穌可能教育大家寬恕這個道理最多次。他教導大家**不論如何**都要原諒，他自己就是最好的例子，他甚至原諒將他釘在十字架處死的人。他真實地體現無條件寬恕的意義，但那些聲稱相信他訊息的人，在批判和譴責他人時，卻常常遺忘了寬恕。耶穌的訊息不是「信我，就必得救，即使你持續批判自己和別人。」他真正**未被扭曲**的訊息是「像我一樣，你將得救。」我相信這才是「我是道路、真理和光」背後的意義，意思就是他的思想和行動指示了方向、真理和光明。

不是只有耶穌指示這種存在方式，還有從不同時代的偉大先知及大師。為什麼像他們這樣的存有要讓你得救？不是因為你天生有罪，所以需要得救，而是所謂「得救」意味著學習在這裡要學習的功課，並得以提升到更高的存在密度。我們不會隨著進化的量子跳躍到達，就自動提升到愛的第四密度平面，這在前面章節曾經說明過。如果我們沒有學習足夠愛的課程，那麼我們將在第三密度平面，以二五九二〇〇年的循環重複更多次的轉世，並充分學習愛的課程。

當然，除了愛自己，也要愛他人、寬恕他人。就像我們的任務不是成為完美的人，而是要原諒我們的不完美，並以此學習到我們在這裡唯一要學習的功課。我們也要記每個人都值得我們同情和寬恕，無論他們看起來多麼壞與邪惡，我們可以提醒自他們在身體自我的幻象背後所擁有的真實自我，感謝他們提供機會給我們學習愛課。

然而，如果我們選擇批判和譴責他人，那麼我們事實上是在選擇譴責自己。為什麼？就像我們已經說了很多次的，雖然看似很多個體，但只有一個互相連結的能量。當我們跟其他人交往時，我們實際上是在與其他的自我交往，與無限造物主的其他層面相處，並和我們每個自我互相分享終極現實。因此，無論你看見什麼，無論它看起來多麼壞、邪惡或黑暗，不要責難它而是寬恕它。即使你不相信我所說的現實的真實本質，責難它又有什麼好處呢？如果你很虔誠，那麼宗教教義會想要你這麼做嗎？請看圖8.1所提供的精采資訊圖表（這在網路上的各個不同地方都找得到），它顯示了全球幾乎所有主要宗教的首要教義。

不知怎麼的，真實教義似乎很容易忘記。我們發現很多公開宣稱信仰某種宗教的人，卻做了完全相反的事——批判並譴責有不同信仰的人。如果你沒有宗教信仰，而且不會隨便批評，那麼誠實地問自己，是否也曾在暗中批評並責備有不同信仰的人。誠實地問自己，我有沒有真的遵守我的宗教或靈性的教導？或者，我有沒有只是口頭上承諾遵守，但實際上行為卻完全相反？無論你周圍和世界上的其他人做了看似錯誤和邪惡的行為，根據你新發現的現實真相，寬恕是否比譴責更有意義呢？如果你能夠發現內在的黑暗面，不要批判和抗拒它，而是同情和寬恕自己，那麼你也可以這樣的對待其他人。在這裡的每個人都像你一樣，只是暫時的、不完美的人類形式之靈性，希望能學習愛的功課。唯一能分離我們的，不是我們有多好或多壞，而是在分離的幻象背後，我們與真實自我的連結程度。現實是每個人都是連結的，我們永遠不會失

基督教：無論何事，你們願意人怎樣待你們，你們也要怎樣待人，因為這就是律法和先知的道理。（〈馬太福音〉7:12）
瑣羅亞斯德教：己所不欲，勿施於人。（合法和非法論 13.29）
猶太教：己所憎惡，勿施於人；其餘的都是註釋。（希勒爾，《塔木德》，安息日 31a）
錫克教：沒有人認為我是陌生人，沒有人對我來說是陌生人。事實上，我是所有人的朋友。（《古魯·格蘭特·薩希卜》，p.1299）
印度教：這是全部的義務：己所不欲，勿施於人。（《摩訶婆羅多》5:1517）
耆那教：對待這個世界上所有的生物，一如希望自己被對待的一樣。（大雄，蘇特拉克里塔甘）
伊斯蘭教：直到你希望其他人也獲得你自己希望獲得的東西，你才是真正的信仰者。（先知穆罕默德聖訓）
佛教：不要以你自己本身覺得有害的方式來對待別人（己所不欲，勿施於人）。（自說品 5.18）
道教：為你的鄰居獲得的東西感到高興，為你的鄰居損失的東西感到難過。（《太上感應篇》213-218）

圖 8.1 ➲ 所有宗教的真實教義

去這種連結，但我們可能忘掉它、阻擋它，或完全無法察覺它是存在的。

這是否代表這些被困在分離幻象中的靈魂，以及因此所帶來的恐懼，都應該被我們譴責？或者他們應得的是我們的同情而不是譴責？想想你憎恨的每一個人，不管它是個人、國家或種族，也不管它是不是仇恨和生氣等這樣世俗的情緒，根據在這裡所討論的，問你自己這些問題，然後看看是否能得出這樣的結論：在任何情況下，同情都是必要的，而不是批判和譴責。即使他們造成其他人極大的痛苦和傷害，他們的靈魂也同樣處於巨大的痛苦中，感覺完全與他們的來源分開而且被放棄。

同情和寬恕的本質

現在請不要誤會，認為同情和寬恕表示允許人犯罪和犯下殘暴行為，而且不需承擔後果，這完全不是我的意思。我們需要區別實體和靈性層次，在實體層次，如果有人犯罪，他們需要被處罰。如果國家迫害人民，這個國家的政府需要接受國際制裁，甚至被推翻。但採取這些行動時，應該在我們心中持續保有同情心和寬恕。這就是在靈性層次上，用來決定意識進步和進化的原則。

同樣地，假如有人做生意欺騙你，如果法律行為是必要的，控告他們完全**不會**是不靈性的。你可以有靈性和有愛心，並仍然把這個人告上法庭。真正重要的是你內在的態度。當你控告他們時，你是否把他們當作邪惡的人，並對他們感到憤怒和仇恨？或者你在把他們告上法庭時也明白，即使他們在實體層次上傷害了你，但在靈性層次上，他們和你是一體的？後者的觀點讓你會因為他們是人類而同情他們，並把他們視為暫時失去與來源連結的覺知，因此在分離意識中運作的人，而前者卻讓你陷入分離意識中。

很多人常會錯誤地認為，尤其指新時代靈性，一個有靈性、有愛心的人，就是對世界毫不關心，不尋求正義的。這個說法就是不了解實體和靈性平面之間的不同。如果沒有適當的法律和正義，我們不可能擁有一個有秩序的實體世界。當我們投胎到實體世界，我們需要尊敬並尊重實體層面。

因此，最好的建議就是「正常」，就像一般人會採取行動保護自己。假如有人用刀子攻擊你，就不是把他們看成和我們一體，以及顯現真實靈性無條件愛的時候，這時候要逃跑，甚至反擊來正當自衛。但在實體面採取適當的方法後，試著不要對你的攻擊者心懷憤怒和憎恨，而是將他們視為來教導你如何愛人，儘管可能很難做到。這是成為一個有靈性之人、過著覺醒生活的真實意義，並致力進化意識完成深刻使命。尊重幻象及它的規則，但要意識到它背後存在的東西。

所以，總結並整理一下，如果你放棄對欲望的依戀，知道它們無法帶來真正的滿足，並接受（甚至擁抱）自己和其他人的負面情緒或黑暗面，那麼你就可以擁有生活中你想要的東西，同時也實現你深遠的使命：進化你的意識，並轉換到更高的存在平面。

一些人認為，要實現人生真正的使命必須放棄所有的欲望，特別是要放棄物質欲望，然後過著修道士的生活。事實是，我們的存在不是要逃避實體世界，而是利用它來學習更深的愛之課題。諷刺的是，當我們放棄對欲望的依戀，擁抱我們所察覺的內在與外在的黑暗面，常常能夠更輕易地實現我們的欲望。這是因為潛意識比意識更能夠影響現實。因此當你在意識上正面思考時，如果你的潛意識抗拒自己的黑暗面和負面觀點，以及其他伴隨它出現的想法，那麼不管你是否正面思考，你的潛意識都將支配你的現實。但當我們有意識地感受到內心的黑暗面時，它們會徹底改變，不再能控制我們，到那個時候，我們反而會得到想要的東西，而且沒有讓它們成為控制我們的力量，受縛於因強烈需求所伴隨而產生的掙扎和痛苦。

這個建議不只提供給所有正面思考，以及吸引力法則的虔誠信徒，還有贊同新時代靈性教導的人們，他們往往只肯定光明面，完全忽略了黑暗面或邪惡。正如卡爾・榮格雄辯滔滔地指出：「人不是藉著想像光明的意義，而是藉著有意識地感受黑暗面而得到啟示。」

說到這裡，下一章我們將著手把這些都結合起來，以**真實靈性**為基礎過著覺醒生活，它不僅讓你的意識進化到更高的存在狀態，而且過程中將帶給你真正的平靜和深刻的滿足。

覺醒練習②

你可以隨時做以下練習。我建議每個練習每次至少花五到十分鐘，最長時間不限，想停留多久都可以。如果你對這些練習有深刻共鳴，也可以每天練習。覺醒練習的設計，主要是幫助你應用所學，提升覺知，並加深自己與自身真實存在的連結。

每次開始練習前，將手機關靜音，試著讓自己不受干擾。舒服地坐著或躺下來，閉上眼睛，緩慢地開始。

◆終極的自由

這個練習將幫助你擺脫依戀和欲望。每次使用它，你將更不受趨樂避苦的支配。你可以沉浸在完美的自我狀態，並從無限的內心深井汲取快樂。

- 做幾次深呼吸，吸吐時放輕鬆，再回到正常呼吸頻率。
- 開始思考你生活中所有強烈的依戀。想想你對家庭、小孩、配偶、伴侶、金錢、物質財富和腦中乍現的其他東西之依戀。
- 現在，輪流拿每一樣東西，完全接受和擁抱那種依戀。這是非常違反直覺的，因為我們的本能會為了擺脫對它的依戀，而將它推開，或嘗試丟棄它。但事實完全相反。你所抗拒的還是會持續存在，因此，溫和地、無偏見地欣然接受才是真正的釋放。當然，一部分的你將自然地抗拒，特別是釋放對小孩或伴侶的依戀。但要了解釋放依戀不是不關心。相反地，只有當你釋放依戀，你才能夠真正無私地、無條件地愛他人，因為這樣的愛將不再被恐懼所摧毀。
- 在你歡迎和擁抱自身的依戀後，用最強烈的欲望重複相同的過程。一個接一個，沒有批判地完全接受和擁抱它們。專注於因接受所伴隨而來的釋放，以及自由的感覺。如果你發現很難欣然接受，你可以嘗試溫和地說：「沒關係，沒有問題。」記住不論你的感受如何，你是沉浸在愛裡。

• 放鬆並享受自由的感覺。

◆擁抱黑暗面

這個練習幫助你意識到目前深埋在你潛意識裡的自我層面。你愈勇敢地看待黑暗面，愈不抗拒，你愈能夠體驗真實自我，以及深刻的平靜和快樂。

• 做幾次深呼吸，吸吐時放輕鬆，再回到正常的呼吸頻率。

• 現在，察覺你自己內在的負面情緒和黑暗面。它可以是你認為「不好的」人格特質、你感覺愧疚的事情，或你覺得可恥、甚至完全邪惡的想法和情緒。

• 不論它是什麼，一個一個地，持續地察覺它，並且讓來自內心無限的愛之泉源擁抱它。如果很難做到，而且你對它的批判非常強烈，無法接受和擁抱它，記住從無限造物主的角度去看，一切都是合理和平等的，因為它都是無限一體的部分，而它希望體驗自己，所以從超越幻象的終極意識來看，你所想、所感覺或所做的都不是「不好的」或「錯的」。你在這裡的使命是學習如何無條件地愛他人，你感覺自我的可恥是幫助你的完美工具。事實上，你是完美的，任何察覺到的黑暗面都不是真正的你。因此欣然接受黑暗，不要批判它，也不要害怕它。相反地，擁抱它，讓它在愛中消失。

- 為了幫助你做到這點，你可以跟自己說「我沉浸在創造物本身無條件的愛中，我所想的和我所做的都不能改變這件事。我內心的黑暗面不是缺點，而是我應該感謝的老師。」
- 沉浸在無懼的感恩中，多久都可以。

◆展現同情心

憤怒常常蒙蔽我們，然後我們發現不可能原諒造成我們痛苦的人。這個練習讓你透過強而有力的新角度來看待別人，超越他們傷害性的語言和行為，看見真正的同情和慈悲。

- 做幾次深呼吸，吸吐時放輕鬆，再回到正常的呼吸頻率。
- 想想你不喜歡，或你喜歡但傷害過你的人。讓痛苦或憎恨開始出現，但不要一直想著要合理化那些讓你煩惱、傷害或憤怒的原因。你必須要超越外表，了解那個人內心的痛苦。

- 相信沒有人會傷害別人而不感到痛苦。這種看似針對你的行為，不是真的和你有關，相反地，它是這個人內心無法忍受的痛苦所投射出來的東西。即使這個痛苦明顯與你無關，你也找不到他們痛苦的理由，但是你要了解這和現在的環境無關，在我們存在的第三密度平面，每個人都在多次的生命期遭受很多苦難，因此內心承載了巨大的痛苦。這種痛苦對你和其他人都很平常，這是你必須要察覺的。因此去理解那種傷痛，和那個人內心受傷的小孩，並發揮同情心。不論他們做了什麼傷害你的事都不是故意的。他們受了傷，需要你的同情。不要看現在的他們，而是看他們內心的小孩，因為內心痛苦害怕才會猛烈攻擊。
- 為了幫助你做好這件事，你可以想像你在這個內心小孩面前跪著，告訴他沒有關係，一切都很好。你知道他很痛苦，不是有意要傷害你，就這樣陪著他。給這個小孩一個擁抱，感覺你的同情心正在治癒他。不管你們認不認識，你們兩個在這個神聖的時刻都完全地治癒了。

9 覺醒的自我

「徒有手藝而無心靈配合，藝術就不存在。」

——李奧納多．達文西

雖然從知識層面了解現實的本質很重要，但在日常生活中實踐這些原則，才能體驗真正的靈性，並發現恆久的幸福與滿足。我們必須小心不要表現出某種心靈上的傲慢，心想因為我們「比較有靈性」，就無意識地（甚至有意識地）相信我們優於別人。如果那樣，就是一種分離的意識，而不是合一的意識。

禱告、冥想和執行儀式，並不代表過著真正靈性和覺醒的生活，它的本質是在日常生活中**實踐**它，這是最終且唯一值得的事。如果所有的閱讀、禱告和冥想，都不會使我們變得更仁慈、更有愛心、更無偏見和寬容，那麼它有什麼益處呢？我們又能真正學到什麼？

因此，我們現在的目標是從這些原則中，建立一個實用框架，用來幫助了解在這裡真正學到的東西。在存在的第三密度平面上，幻象是如此地具說服力，以至於始終如一地實踐愛與寬容是相當困難的。因此，建立實用框架的第一步，是了解更多分離幻象背後的機制，因而更有能力地應付挑戰。

不同層面的自我

如果你像大多數人一樣，認為你的身體就是你。你相信你**是**出生在這個世上的人類，你的名字、你的個性和你的個人故事**就是**你，但同時，這可能只是你的一個層面，它是你真實身分的一個微小、暫時的部分，實際上，你是一個巨大且多維度的存有，同時存在於許多層面。一旦你相信時間和空間只不過是具有使命的幻象，你就會意識到，「你」可以同時存在於許多不同的時間和地方，包括超越**所有**時間和空間。

根據麥克．牛頓博士（Dr. Michael Newton）的研究[17-18]，我們每個人都有個別化「分離」的靈魂，但這個靈魂並不完全存在於實體的身體「裡面」。相反地，靈魂的部分能量投胎為實體生命，但同時仍然存在於非實體領域。雖然我們化身為人，卻無法意識到我們的「其他」存在。而且，正如**一的法則**思想體系所提到的，在存在的第六密度平面，以及更高的平面，我們超越了分離的個體靈魂，融合為一體，這是更加廣闊、完全超出物理極限的狀態。但是，如果這種狀態是存在於更高的密度，我們需要經過很長一段時間的進化，因此只能在遙遠的未來，以靈魂狀態到達此處，那麼我們**現在**真正的本質究竟是什麼呢？

這就為我們理出一條最重要的原則，可以幫助人類生活得更好。也就是，現代科學已經證明了時間是幻象，所以沒有實體限制，由純粹無盡的愛和快樂所構成的那個「你」，**現在**正存在於那種狀態（你的靈魂在遙遠的未來也正在進化）。其實所有的一切也只有**現在**，我們所認知的過去、現在和未來，實際上是三維時間結構中的座標，無論你選擇哪種座標，仍然是**現在**。只有**現在**是存在的。

我發現要理解這個令人困惑的主題，從上而下的思考模式是最有幫助的。不要只是將自己視為朝向更高密度進化的人或靈魂，而是想像自己是一個巨大的、無限的存有，已經處於存在的最高平面，在完美和無私的愛的狀態，正藉著體驗看似個別化與分離（即成為個體靈魂），來無限地擴展自我，然後再以廣闊和更深刻的感覺，回到原來的自我狀態。

一直處在純粹的愛的狀態，雖然美麗，卻無法為我們提供機會，來擴展我們本身的愛，並完全了解它的意義。然而，創造分離的幻覺，卻可以讓我們有機會在最具挑戰性的環境中學習如何表達愛。因此，體驗無私的愛雖然艱困，卻有助於擴展我們更高平面的愛，並更深度地了解自己。然而，在**這個**平面上體驗不同的事件，我們很容易「忘記」我們真正的本質，反而相信我們是個別的靈魂，在靈魂進化的階梯上往上爬，努力地擴展以達到完美。其實，最終的事實是，所有的狀態都存在於**現在**。

從蒐集到的所有資訊，可以深刻地了解，你已經**處在**你一直渴望的那種狀態。只是在這個平面，無法直接接觸它，你必須經歷幾個階段才能完成。

那麼，何時結束呢？它永遠不會結束。當我們說「無限造物主」時，**無限**就是字面的意思。這是一個循環性的擴展過程，實際上是無窮無盡的。當一個週期結束，宇宙就「完整」了，而另一個週期又開始了，以獲得更多的經驗和擴展。

這個過程本身也是非線性的，因為科學家們現在了解，可能有無數個平行宇宙同時存在，而每個宇宙都以不同的方式[48]歷經擴展和完成的週期。因此，現實和我們所想的一點都不同，它不僅是全像攝影的，而且是非線性的、多維度的。你自己認為的「你」，實際上只是真正的你之微小部分。你是無限的存有「分裂」為很多層面，而現在，在這個層面上，有意識地體驗自我的一小部分。

關於兩個自我

以這種方式來理解我們的真實本質，特別是如果我們簡化它，並且不要在事物的多層面中迷失、不知所措，就可以幫助我們確定生活方向。要做到這一點，試著以兩種簡單地方式來思考自己：身體自我（physical self）和靈性自我（spirit self）。身體自我就是你自己所認為有著個別靈魂的人，而靈性自我，則是存在於第七密度生存平面的無限非實體的存有。而且正是靈性自我，從身體自我的體驗中擴展（無限可以如何擴展是創造的深奧神祕之謎）。身體自我就像車輛；靈性自我就是司機。我曾經構建以下的圖表（見圖9.1），以幫助自己想像同時存在於兩個平面（這只是一個簡單有用的圖示；實際上我們是多維度的存有）。如你所見，靈性自我包含身體自我。身體自我只是靈性自我（你的真實）體驗自己的管道。

要了解的是，當身體自我認為這就是全部的我，並且在一個巨大的、可怕的宇宙中感到孤單時，所有的麻煩就會接踵而來，這就是分離意識的本質。身體自我感覺和它的來源分離，而且因為感覺它的存在是如此渺小、孤獨，並因而覺得害怕，所以它有了**控制**其生命和命運的強烈渴望。事實上，當身體自我與靈性自我無法連結時，我們所思考和行動的一切，都是有意識或無意識地被**恐懼**所驅使。

你可能認為，這世界上有許多人不知道更高的靈性自我，但仍然是善良且充滿愛的，不被恐懼所役使，這絕對是正確的，但不要以為沒有意識到靈性自我，就代表不是潛意識地從其中汲取靈感。當我們知道有靈性自我時，我們是真正**無私**地愛他人。但同樣真實的是，在這個世界上被認為的善良和愛，往往只是偽裝的恐懼。例如，大多數的浪漫愛情並不是基於真愛，而是基於偽裝成愛情的恐懼。就是基於「我不足夠」的恐懼，因此需要另一個人的愛才能感到完整。因此看似愛他人的行為，往往實際上只是（無意識的）尋求對方認同的行為。

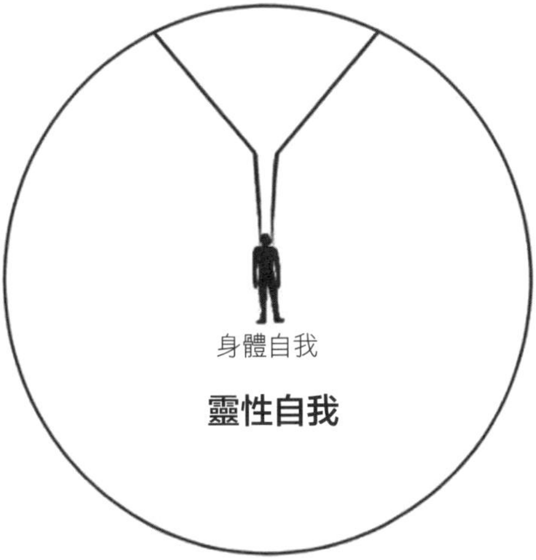

圖 9.1 ➲ 自我的兩個層面

我們知道這種感覺是確實的，因為當我們為所愛的人做出愛的舉動，對方卻沒有表示任何感謝或肯定的回應時，憤怒和傷害會油然而生。但是，如果我們只是為了愛情本身而表現愛的行為，不是無意識地尋求認同，那麼，當行為不被認可或得不到回報時，為什麼要感到憤怒和受傷呢？只有當這個行為是因為無意識中「我不足夠」的恐懼所觸發，才會引起這種感覺，而缺乏認同與回報似乎又更加強了引起這種行為的恐懼。

這種恐懼延伸到我們生活的各方面，而內心深處無意識的恐懼，以及尋求認同、控制或個人安全，往往會驅使我們去做看似最善良的行為。但是（要強調這個但是）**這些**都不是判斷愛的根據。如果在某個層面，你已經完整了，而你又選擇投胎為人類，只是為了擴展你已經屬於的那個層面的完整性、品質和深度，並同情那些以為這就是全部自我的人類，幫助他們不再感到孤單，不再恐懼。這種**無條件**的愛和同情，就是生命真正的終極使命！

因此，我發現以下這些對我自己的生活非常有幫助。要堅定相信你是遠遠大於你所認為的身體自我，並以這樣的信念過生活。除此之外，要明白，身為人類有一個偉大的使命，而你的靈性自我並以這樣的方式來規劃你的人生，以便在極具挑戰性的條件下，提供實踐無懼、無私的愛之最好功課。不要覺得是在一個大而壞的世界裡受迫害，而是要了解，你的生活就是你的人生教室，而地球絕對不是幼稚園級的，你在這裡就讀的是大學程度的教育。對此要感恩，同時要對通常不了解宇宙全貌和更偉大使命的人表示同情。每天提醒自己，發生在你身上的**一切**，最終對你是有益的。你的靈性自我知道你的靈魂進化需要什麼，因此規劃這一切，無論它看起來多麼痛苦或悲慘。

你安排了所有的劇情，你是這齣戲的編劇、導演、演員，也是觀眾。只有當你成為演員，卻忘記它只是一個角色時，生活才是可怕的，也才會覺得恐懼。但是，如果你知道將來**總會**發生在你身上的一切，無論好壞，都是由你的自我所規劃，它知道什麼最適合你，並知道在靈魂層面你需要學習什麼，你又何須害怕呢？你又何須抗拒生活中即將發生的事情呢？

因此，要過真正覺醒的生活，並發現深層的意義和使命，請將整個生活看作是理所當然的課程。你的生活，以及其中發生的一切，都是你在大學教育中的課程。此外，你為自己訂定全部的課表，確切地知道你需要從事的工作和學習的內容，這個課程不會只在生活遭逢重大挑戰或悲劇產生時才出現。**整個人生中的每一天、每一刻，都是課程的一部分**。為什麼？因為時時刻刻，你都必須做抉擇，要在**無意識地對生活環境**

和一連串事件做出反應，還是**有意識地回應**？不同之處在於前者是被恐懼役使，而後者則是被愛所啟發。

連結靈性自我

當我們在身體自我的影響下生活，沒有與更高的靈性自我保持有意識的連結時，我們在生活中就會重複做出一連串制約性的無意識反應。例如，我們會因為有人在車陣中插隊而突然情緒爆發，開始咒罵。有人說了不友善的話，我們立即感受強烈的自我防衛，並展開報復性抨擊。我們在重要的計畫上犯了錯誤，因而感到沮喪，並開始在內心譴責自己。

大多數人都以這種方式度過大部分生活，認為我們是自由的，卻從未意識到我們只不過是生命中的突發事件，以及制約性、無意識反應的奴隸。我們是奴隸，因為我們不是在**選擇**如何對任何給定的刺激做出反應，而是在未經選擇的情況下做出反應。之後，我們可能會理性思考「那個插隊的混蛋」，我理當對他大吼大叫，但這只是事後的合理化。在那一刻，我們受制於習慣性行為，並沒有意識到我們是可以有選擇的。

例如，我們沒有意識到，我們原本就是與我們的靈性自我連結，可以選擇將另一位也生活在恐懼中的駕駛視為手足，並對他們產生同情心。我們原本可以選擇記住現實相互連結的本質，以及分離的幻象背後的終極一體性，並意識到在終極意義上，那個人就是我們的**自我**。如果目前我們太難以相信這些，我們只要記得我們的生活是一門功課，而這個人正在為我們提供絕佳機會，以練習如何愛他人和對他人寬容，事實上，我們不應譴責，而是應該**感謝**他們。

當我們歷經身體自我扮演的角色所過的生活，渾然不覺我們身為靈魂的更大本質和現實時，我們就無法獲得技巧，選擇有意識的回應，於是我們生氣、咒罵並大發脾氣。因此，我們經常處在這種負面能量中，影響了和我們最親近的人之間的互動。心情不好時，我們可能覺得這是正當的，但這種正當性往往變成了罪惡感，我們開始對自己的行為感到難過，並在內心懲罰自己。但這樣只會增強無意識的反應模式，並不斷地惡性循環，下次發生這樣的事情時，我們還是採取完全相同的行動。

大多數人每天大概就是這樣地生活。這就是為何無論他們看起來多麼地愉悅，內心卻非常不快樂，也沒有滿足感。他們不是在實踐真正的愛，只是無意識地在過生活，成為身體自我的奴隸，因此生活缺乏真正的意義。生活只不過是在睡醒、做日常例行的工作以及睡覺之間循環，第二天又重複，沒有真實意義和真正的靈性進化。即使生活外部環境發生變化，一切看起來都很棒，而且比以往更美好，但內心世界仍然一樣，意識沒有真正的成長。

但事情可以不必是這樣的。你的靈魂最渴望的，是與真正的靈性本質連結。當你發現這種連結，每天練習建立這種連結，它會變得愈來愈強烈，你也會愈來愈熟練，尤其是在你以前原本會無意識做出反應的那一刻，現在你則會注意到有種感覺油然而生，像是無意識模式被觸發的警報，這一次，你可以選擇以有意識的方式、更有愛心地做出反應，而不是盲目地回應。

為了幫助你實現這一目標，讓我們深入研究如何具體實際做到這一點。

熟練地實踐無條件的愛

在覺醒或意識進化道路上，我曾經多次掉入且最常見的陷阱之一，就是認為我們必須是完美的。當意識到現實的真實本質時，我們非常希望對待眾生萬物都是充滿愛心且善良，不能接受自己有所謂的憤怒、仇恨、嫉妒、恐懼、貪婪、欲望、驕傲等負面情緒。因此，我們強烈地希望擺脫所有的負面情緒，這樣就能夠一直充滿愛心和善良。我們認為，如果感受到它們，那麼我們就不再具有靈性，需要擺脫它們才能恢復靈性。如果我們還是（因為我們最後總是這麼做）生氣、害怕、嫉妒或高傲，就會覺得自己失敗了，並且產生罪惡感和自我批判。

雖然一直善待眾生萬物並充滿愛心是非常崇高的願望，但在其中，最常被遺漏的其實是我們自己。我們忘記要對自己善良、愛自己並同情自己。我們忘記了身體自我並不代表完美，也不會永遠在這個存在的平面上，因此它不需要因為缺乏完美而被批判。更重要的是，我們忘記了，正如我們整個生活都是為了實踐寬恕和同情心的功課一樣，我們的**身體自我**本身也是有使命的。

仔細想一想，身體自我在本質上是有很多限制的。它受到感官的限制，無法感知絕大多數真正存於周圍的事物；它也受到能量密度的限制，有明顯的物理界線，以及與環境的絕對分離感。此外，它的智能有限，對任何特定情況實際所知有限；它無法任意地感知時間和真實的因果；它也不完全了解，其實它的意識是高度分裂，並且被劃分為有意識、潛意識和無意識；它通常不知道如何接近超越意識的事物；它也無法完全知道**在本質上**，它本身就如經過程式設計般會產生情緒，其中一些還是令人不舒服的。

考慮到所有這些**經過設計**的限制，就可以理解它們都是用於學習，而不是作為不受歡迎的東西去迴避掉。請記住，如果你已經學到了所需的功課，那麼你就不會投胎為人類來到第三密度，並從這些侷限開始學習。所以這些限制並不差，而且不應該被批判，它們都是有使命的學習機制。

例如，如果你遇到一個令你生氣的問題，那麼你可能會討厭自己變得這麼生氣，甚至可能會感到非常羞恥。我知道，因為我本人一生都在處理這個問題，值得慶幸的是，從我年輕開始，我從來沒有以肢體表達過憤怒並傷害他人，但是我會情緒激動地抨擊他人和自己。很長一段時間，我感到非常羞愧，因為我不想生氣；我想要做個慈悲和有愛心的人。當我變得更具靈性意識時，這種羞恥感就更加強烈了，因為了解這麼多現實的偉大真理，卻仍然經常感到生氣是非常矛盾的，感覺像是偽善。但後來我終於想通，忽然間豁然開朗。

我現在明白，憤怒不是我應該批判並感覺不好的弱點或不足之處。從更高的角度來看，我的靈性自我知道我今生需要學習的東西。它知道一個最具挑戰性的功課，就是選擇一個天生就具有愛生氣個性的身體，因為它需要很多的同情和自愛，才能接受這個憤怒的自我，而且不會感到羞恥或批判它。

從另一個角度來看，我也明白我的憤怒是因為童年沒有得到無條件的愛。這**不是**因為我的父母沒有愛心，相反地，我有很棒且充滿愛心的父母。事實上，**我們沒有一個人**在童年時得到過無條件的愛，因為我們都是由父母撫養大的，而他們迷失在身體自我的角色裡，很多時候是出於恐懼的無意識行動，而不是出於真正的愛。除此之外，物理現實在本質上不能無條件地支持孩子的需求。

父母不可能立即回應孩子的每一項需求，並且在情感上，未滿足的需求導致強烈的情緒，被保留在成長中孩子的細胞結構裡。再加上當所有人都帶著許多前世生命的靈魂記憶以及所承擔的痛苦投胎為人，憤怒是這麼多人的共同點也就不足為奇了。如果它不是憤怒，那麼也是我們認為壞的與可恥的等其他狹隘的情緒，因此拚命地想要擺脫它。

那麼，無條件地愛他人是什麼意思呢？它並**不**表示我們對眾生萬物充滿愛，我們就是完美的，因為在這個存在的平面上，這是不可能的。如果我們有能力做到這一點，我們就不會在這個平面上，以特定的課堂和一系列的課程作為開始，這一點很重要，定要了解。所以，無條件地愛他人**真正**的意思是，我們真誠地、由衷地嘗試著對眾生萬物都充滿愛心，並且在我們做不到的時候，還是不斷地寬恕和同情自己，這就是將無條件的愛延伸到我們自己。我們如果只是試著愛眾生（且不可避免地會失敗多次），卻對自己殘忍而批判，如此一來，就沒有真正學到無條件的愛。

不要認為只有慈悲和充滿愛心才具有靈性，表達負面情緒時就是非靈性。其實無條件的愛，它真正的功課是要理解一個自相矛盾的概念，亦即你的身體自我從來沒有打算無條件地表達愛，然而還是付出愛並接受它。這就是無條件的意義：看到自我的侷限，**仍然**原諒並無條件地接受那樣的自我，但這不表示我主張做出不道德的行為，然後原諒並接受它，請不要錯誤的假設，我的意思是，你盡可能努力地成為充滿愛心、善良、誠實和寬容的人，當不可避免地，因為你具有的人類本性而無法做到時（如果你有意識地觀察自己，這個情況每天都會發生很多次），你要同情你的身體自我，並完全原諒它。**這**就是我們所處的第三密度平面上應學習的無條件之愛。和別人相處時追求完美的自我，卻忽視對自己的同情，這並不是你在這裡所要學習的。

毫無疑問，這是一個非常棘手的課程，需要大量的練習和很多的自我意識。方法是，即使在繁忙的生活中，每天不要專注於其間發生的事件，而是有意識地體會自己內心的感受。當你又因為不愉快的事情陷入一種無意識的行為模式時，盡快抓住當下的情緒，**不要**為此而自我批判，同時明白這是正常的，是身為人類的正確反應。提醒自己，成為一個有靈性的人，過著覺醒的生活，並不意味你就不會有負面的想法和感受；相反地，你只須不加批判地充分感受這種感覺。就讓它留在心裡面，並了解這只是一種感覺，本身**不是**問題。

唯一有問題的，是當我們讓這種感覺無意識地觸發另一種反應時，但即便如此，當你意識到發生事情的那一刻，還是要同情並完全原諒自己。你可能會問自己：「愛會如何回應？」無條件的愛會責備你，並告訴你：「你不應該這樣做。」還是它會簡單地說：「沒關係！」除了「沒關係」之外，無條件的愛還會表達什麼嗎？

的確，真的沒關係，永遠都沒關係，因為你只是在學習。即使你傷害了另一個人，責備自己也無濟於事。事實上，它只會讓自己更有罪惡感，就像弗洛伊德所說的，它會無意識地投射到別人身上，然後只是不斷地重複相同的模式[49]。但是，當你同情正在體驗作為人類的自己時，這個鎖鏈就中斷了。你不再覺得愧疚，不再將這種罪惡感投射到他人身上，找他們的麻煩，使負面的循環又繼續下去。因此，儘管違反直覺，即使你傷害了他人，也要原諒自己，但寬恕自己**不是**赦免這樣的行為，或允許你可以故技重施，而是釋放會讓整個負面循環繼續的這種罪惡感，從而真正地把你帶往正確的方向。

那麼，在你無意識地反應之前，真正感受到情緒的那些時刻呢？（當你每天練習，就會愈來愈常發生。）你明白它只是一種情緒，它是合理的，並且有權利出現在那裡。即使你**認為**自己是善良且具有靈性，出現最糟糕的負面情緒也是合理的。它們只是在當下出現，因此是可接受的。這並不意味著你陷入這種情緒中。如果真的陷入，就是從直接體驗情緒轉變為這些情緒所代表的心理狀態，前者將幫助釋放它們，而後者則是陷阱。如果你因為別人誤會你而感覺生氣，那麼在當下有意識地體驗這種憤怒情緒並不會有不良後果，事實上，它讓憤怒有出口並因此消失。但是當你開始想著，你理所當然地要對這個人生氣時，憤怒就會一直存在。這時它不再是一種自然的、暫時的情緒，而是難以預測及管控的精神狀態，並激起更多你無法逃脫的負面情緒。

接受該有的情緒

實際上，除了向外表達出情緒，或者壓抑在內心外，還有另一種選擇。接受情緒並充分地感受它，不向外表達（喊叫，咒罵，爭論等）或壓抑在內心（將它埋在心裡或不理它）也是體驗強烈情緒的方式，而且能夠不讓它們控制我們的生活。向外表達情緒和壓抑在內心會讓我們處於被束縛的模式，我們不是不假思索地回應，就是放在心裡面直到無法忍受時爆炸。要真正的自由，我們必須完全接受並**感受**我們的情緒。無論多麼不舒服，都願意擁抱它們。這時會發現，它們迅速消失了。為什麼？因為擁抱和完全接受它們，就是無條件的愛的行為，可以讓黑暗在愛的光芒中消失。

因此，我想在這裡分享我最後的心得。我們的問題不是生活中所發生的事情，也不是我們所經歷的情緒，而是我們對它們的**抗拒**。道理很簡單，正如卡爾．榮格（Carl Jung）所說的，我們所抗拒不願接受的東西會一直存在。當我們學會欣然接受生活中所發生的一切，並擁抱所有的情緒時，我們才學到了真正的自由。我們明白生活實際上不是為了操縱和控制環境以符合期望，而是**臣服於它**，並無所畏懼地接受當下出現的任何狀況，無論它是看似負面或正面的。正是這種對生活（外在和內在的）的沉著態度，才是真正的自由，然後我們不再是這個小小的身體自我，努力地滿足其需求，害怕無法隨心所欲。相反地，我們透過人類的經驗來理解，這是一門非常有意義的功課，是由更大層面的自我為我們自己利益而設計的。從這個角度來看，我們最大的敵人其實就是我們最偉大的老師，我們應該感謝他們。

當然，我並不是說這很容易做到，我也經常覺得困難。我們很容易又回到忙碌的生活，忘記所有這些「更深層靈性上的東西」。然而，就像呼吸這麼自然一樣，心靈的召喚會再度提醒你生活中真正重要的事情。當這種情況發生時，你會記得「沒關係，放輕鬆」。一直都沒有問題，大家都非常愛你，這裡所發生的一切，都是為了你自己的終極利益。所以放鬆再放鬆，學習愛的美好課程。

覺醒練習③

你可以隨時做以下練習。我建議每個練習每次至少花五到十分鐘，最長時間不限，想停留多久都可以。如果你對這些練習有深刻共鳴，也可以每天練習。覺醒練習的設計主要是幫助你應用所學，提升覺知，並加深自己與自身真實存在的連結。

每次開始練習前，將手機關靜音，試著讓自己不受干擾。舒服地坐著或躺下來，閉上眼睛，緩慢地開始。

◆ 自我擁抱

這個練習將幫助你連結到你的靈魂自我，並感受到它特有的深刻之愛。你愈常使用它，就愈能在忙碌和艱困的生活中找到這種連結，在暴風雨中保持鎮靜。

- 做幾次深呼吸，吸吐時放鬆，再回到正常呼吸頻率。
- 以最有意義的方式想像你的靈性自我。你可以把它想像成一道在你上方的白光，或者溫和地存在於你的內部和周圍，又或者有你自己獨特的識別方式。無論哪一種方式（即使你無法想像出任何意象），重要的是感覺。感受到愛從它流向你，就像無止境的河流，這種愛是不間斷的；沐浴其中，讓它完全流過你，同時意識到你擁抱著自己。
- 讓更大層面，具有無邊之愛的靈性自我，擁抱身體自我。讓身體自我的負擔在愛中完全消失不見。感受你的靈性自我同情身體自我必須面對的所有限制。不批判，無條件地接受。
- 沉浸其中，保持這種連結，多久都可以。

◆ 恆久的存在

生活中，我們往往緬懷過去，憧憬未來，抗拒或者渾然不覺要把握現在。這個練習將幫助你與永恆的現在連結，每一刻都能察覺內在的自我，無論你的生活或世界發生任何變化，也能體驗一種平靜的感覺。

- 做幾次深呼吸，吸吐時放輕鬆，再回到正常呼吸頻率。
- 開始感受身體的感覺。感覺椅子或床緊靠著你。感覺四肢的刺痛感。輪流專注在身體的每個部位，慢慢地從一個部位到另一個部位。然後很快地感覺所有部位。停留在這種意識，如果有疼痛或不適，不要抗拒。沉浸在這種感覺中，慢慢地接受它。
- 現在專注於你感受到的情緒。讓它們陪著你，容許它們隨心所欲，做它們想做的事。即使它們碰巧讓你不舒服或痛苦，都是你的部分能量，有權利停留。它們和正面情緒一樣是合理存在的。
- 沉浸在這些情緒中，接受它們，靜靜地觀察體會，體驗這種提升的意識狀態，多久都可以。

◆擁抱內在小孩

無論父母多麼愛我們，我們每個人都有一個內在小孩，從未得到過它所需要的無條件之愛。這個練習可以讓你重新撫育仍然活躍、存在於你內心的小孩——療癒舊傷，為體驗持久的平靜與滿足掃除障礙。

- 做幾次深呼吸，吸吐時放輕鬆，再回到正常呼吸頻率。
- 從連結內心開始，感受愛的存在，讓愛滋長和擴展。現在想像你的孩童自我，年齡在你覺得適合的七歲以下。告訴你的孩童自我，雖然你已經放棄他或她這麼久，你很抱歉，但你現在在這裡。你那時候不了解，但現在你已經準備好付出他們所需要的無條件之愛。
- 清楚地看見小孩，跪下來，給他們一個溫暖、充滿愛的擁抱。真誠地和你的孩童自我說話，盡情地暢所欲言。然後問你的孩童自我，你需要做什麼讓他或她感覺有安全感。給他們所需要的，並承諾每天毫不保留地陪伴他們，即使只是片刻。
- 讓你的孩童自我知道你將再次獲得他們的信任，並始終如一地提供他們所需的一切。

◆寬恕的能量

原諒曾經傷害我們的人往往是一件最困難的事。這個練習為你提供強而有力的方法來達到真正的寬恕。現實的真實本質可以讓你以新的角度來看待寬恕的全貌，幫助你更容易釋放你內心的憤怒和怨恨。

- 做幾次深呼吸，吸吐時放輕鬆，再回到正常呼吸頻率。
- 開始想著你懷有怨恨和憤怒的人。感受那些情緒，但在你陷入關於他們如何誤會你的事件，以及合理化你的情緒之前，請將那個人視為另一種形式的你。他們可能看起來像一個完全分離的人，在物理幻象的層面上，他們確實是，但超越幻象，他們不僅僅和你是一體的，他們就是你。
- 請記住，我們都是一體，只是看似多個。我們是太一無限造物主的所有層面，而其他所有層面都是另一個虛幻形式的我們。當你與人互動時，你就像照鏡子。
- 現在問自己：「我會憎恨或愛自己？」

- 愛這位看似別人的人，讓愛從你身上傾瀉而出，記住你就是接受愛的人。因為在真正一體的宇宙中，施與受之間有什麼區別呢？

10 擁抱無限

「你不是大海中的小水滴。你是包含整個大海的小水滴。」

——魯米

在整個第二部分，我們探究了靈性自我和組成存在結構的不同密度，包括這種無限靈性存在的最高密度。儘管沒有「證據」可以證明，但我不是僅僅從理論的觀點來寫這些主題。相反地，我非常幸運，直接體驗了這一更高的現實，因此**知道**，它不僅僅是信念，它是存在的。我想要藉由分享深刻的個人經驗來做總結，而這個經驗在我十五年的靈性旅程中曾經啟發了我。

將塵世的經驗以文字來傳達就很困難了，然而更加困難的是，要將不屬於這個世界的靈性經驗以文字表達出來，但我會盡力做到，相信大家絕對都知道，筆墨本來就難以形容經驗的本身。

在我二十多歲時，我開始冥想。冥想的形式不是特別重要，因為所有的技巧只有一個最終使命：引導我們與存在的真理連結。

我很早就了解這個使命。我知道在我的內心存在著通往無限之愛的入口。我不知道自己是如何得知的，我就是知道這件事。我知道有一個無限愛人的造物主，我想要和它有深層的連結。這個意願如此強烈，因此我常常一天花幾小時冥想。我坐著或甚至躺下不動，只專注在內心的一個奇異點，並盡可能地感受它。我知道如果我能夠以某種方式，將我的意識聚焦在內心的某一點上，那麼我就能連結到遠遠超過我本身的東西。我連續做了幾個月，每天都有強烈的意願與我所知的存在之愛連結。

接著有一天，發生了一些無法解釋的事情。那一天，我以不曾有過的最大專注力進行冥想，內心完全被「達到無限」的欲望所占滿。兩個小時的冥想後，我開始感覺身體非常輕，非常平靜的感覺籠罩著我，我覺得自己漂浮著，幾乎沒有重量。我持續專注在內心的一個奇異點，突然間它發生了，就好像通往意識的入口開啟，我「墜落」其中。但我不是感覺墜落，而是感覺像完全被無限且更巨大的意識包圍著。

突然間，不管我怎麼做都感覺不到實體的身體。我聽不到、看不見，也觸摸不到。但這是你所能想像得到的最充實經歷。事實上，這完全超出想像。我經驗到的是無法用言語表達的愛和快樂。如此地深不可測，幾乎人類都不曾體驗過的。這不是我，紀亞德「感受」到的，這不僅僅是一種感覺；相反地，這是存在的狀態，本身就是存在，沒有主體客體。我不只完全被無限的愛和快樂包圍覆蓋，而且令我完全驚訝的，我**就是它**。沒有我**和**它的分別，不是個別的、分離的我去**體驗**它，我就是它，而它就是我。它是如此充實、完整以及完全地滿足，以致於現在寫這段故事，我仍熱淚盈眶。

解釋這件事最好的類比方法，是一滴水和海洋。想像你自己是一滴水。不管多久，記住水滴就是所有你曾經歷過的事，也是你認為的自己。突然，你掉入海中。但你沒有消失在大海中，反而立即感覺自己是**整個**海洋。你體驗到你從來不知道的充實感，你敬畏地體驗到截然不同的存在。現在想像海洋是純粹的愛和快樂的意識，想像無限的愛和快樂就是真實的海洋，並且想像自己就是海洋，正在體驗**自身**的快樂和愛。這正是我所經歷的。這只持續幾秒鐘，因為我太震驚了，思緒很快進入，讓我的意識重新回到現實。當我恢復後，我從沙發彈起，開始跳上跳下，眼睛充滿淚水，不停說著：「謝謝你，謝謝你，謝謝你。」我所能表達的是對這個經驗深深的感謝。那天晚上，我帶著我一生中所經歷過最不可思議地平靜入睡。一切都是完美的，不管生活中發生什麼事，它永遠在我內心深處。

儘管這種體驗非常深刻且令人著迷，但有一件非常有趣的事情也讓我印象深刻。當意識的大門開啟，而我「墜落」到其他領域時，我有了最奇特的感覺，我感覺到「我終於回來了，我又回到家了。」即使我對一個如此漂亮領域的存在感到非常地震驚，它卻是完全熟悉的，好像我在經歷了長久的旅程後終於回到家，回到我曾經擁有，只是遺忘的最心愛之地。

現在一切開始變得非常有意義和美好。那時候我無法完全理解，但現在我更明白，一旦進入第七密度或以上，我們完全無意識到自己的身分。有意識，意味著**覺知**到其他事物。但在完美的合一中，**是**沒有其他東西。只有存有本身是自我覺知的。我們在宇宙中看見和經驗的每件事，是由無限存有所投射的意識形式，所以它**可以**體驗自我，並從經驗中學習。因此，我們以個別進化的靈魂體驗自我，並且只有在遙遠的未來會到達第七密度，但因為時間只是幻象，因此實際情況是，我們的真實自我或所謂的靈性自我，**已經**存在於此。

一些通靈得到的教導告訴我們，我們在人類形式時，可以暫時地瞥見第七密度和更高密度。我相信我曾經擁有的深層冥想經驗只是意識的暫時轉換，因此它不再停駐於實體的第三密度身體，而是突然被轉移到它所產生的第七密度現實中，從而完全融於無限的存有。**這**就是我所體驗的愛與喜悅的海洋，它是如此的美好，以至於無法用言語來形容。它是**我自己**，我的真實自我，超越分離的幻象，沒有其他存在，只有純粹的愛完美存有。

在這個生命旅程中的所有朋友，我要提醒你，你的自我也是一樣美好。你確實是以造物主的形象所創造，但這個形象不是人類的形式。你的形象是超越所有實體的形象，完全就是無限的愛和喜悅。雖然你可能有一天也幸運地暫時瞥見它，但請不要執著於它，而是記住你的終極目標，就是**永遠地**回到家，回到無限的愛和喜悅，並以這個最重要的使命過生活。將愛傳送給眾生萬物，包括你自己，並明白等待你的，就是無限的愛和喜悅，永遠無窮無盡。

覺醒練習④

這是簡單但真正深層的冥想。在這章我所描述的神祕經驗，就是我在做這個練習時發生的，因此我建議花更多時間在這上面，至少二十分鐘，但一個小時或更久也是理想的。不要期待你會體驗到什麼。目標不是要複製我的經驗，而是以你自己的方式進入並連結。有無限的可能性，因此放開心胸迎接即將展現的。即使似乎沒有經驗到什麼，只是內心專注的行為，就可以喚醒你的意識，並加強你和真實自我的連結。

開始冥想前，將手機關靜音，試著讓自己不受干擾。舒服地坐著或躺下來，閉上眼睛，緩慢地開始。

◆通往無限之門

有時候在冥想時保持專注很簡單，有時候卻很困難。對自己仁慈，只要注意出現的思緒，不批判地回應這些思緒是有價值的。即使沒有其他事情發生，光是這樣就讓這一小時比一百年更值得。

- 做幾次深呼吸，吸吐時放輕鬆，再回到正常呼吸頻率。
- 現在全神貫注在內心，緩慢地將注意力集中到其中的一個點。你可以選擇專注在你的頭、胸口或胃的一個小點。不論在哪裡都沒有關係。重要的是清晰地專注在內心的一個地方。
- 盡可能持續專注在那裡，嘗試更深入內心的那一點。想像發現隧道，接著愈走愈深入裡面。如果這樣有幫助，重要的在於不要看任何東西，而是去感受。感覺自己愈來愈深入內心，如果想到什麼，發現你的專注力分散了，只要再重新專注於內心的更深處。不要沮喪或責備自己。除非你是僧侶，坐在山洞裡冥想一年了，否則你會有很多分心的時候，有時候甚至是整段時間，你會胡思亂想而迷失自己。不論如何，當你注意到你沒有辦法專注時，緩慢地回來，重新開始你的專注力。

- 持續專注，並且愈來愈深入你的內心，只要感到舒服，多久都可以，並享受將展現的任何體驗。

〔後記〕

一週的覺醒練習

「林中有兩條岔路，而我——我選擇了罕無人跡的那一條，一切因此有所不同。」

——羅伯特．佛羅斯特（Robert Frost）

在這本書中，我帶著大家進行覺醒之旅，揭開現實的面紗，並且探索隱藏的存在結構。我也分享了這些知識的基本應用層面，並提供了自己探索旅程中所學習和創造的覺醒練習。藉著使用這些工具，才能真正地活用這些知識，並因此轉化你的生活和世界。

但深層的轉化不是做幾分鐘的冥想練習，然後就無意識地開始你的一天。當你看待現實的方式改變，而且在一天中具體表現出對自己和他人愛與慈悲的態度，意識才會真正的進化。

當然，第二部分我提供了很多實用的資訊，說明將感知轉變為合一意識的方式，並依據它的原則過生活。但是，你可能一生都是體驗世界的意識，而它主要還是根據分離是真實的觀念。因此，要真正持久地擁有更多的合一意識，以及隨之而來的平靜與喜悅，重新調整你的思想，以一種不同的方式來感知將會大有助益。為了幫助你實現這一目標，我提供了以下七天的練習過程。

過程

以下是一共七天的練習。如果你錯過了一天，你必須回到前一天已完成的練習重新開始，然後再繼續你錯過的那一天。如果你意識到你這一天的大部分時間都沒有練習，那麼我建議你在當天盡可能地常常做，然後再繼續完成其餘該練習的。

請注意，為期七天的過程並非要求達到完美。在我們努力體現合一意識的同時，我們必須明白，在幻象中，我們相信自己的這個人類是不可能完美的。因此，每當你發現這個練習過程不完整時（無論是因為你忘記了，忽略了，還是因故不能完成），要明白每一天的目標就是完全地寬恕自己。如果你一整天始終以無偏見的意識注意這些事情並原諒自己，那麼就是正處在練習的過程中，並可以準備好繼續第二天的練習。

開始每一天的方式

在做其他事情之前，每天以「自我擁抱」（見第九章覺醒練習）和「擁抱愛」（見第七章覺醒練習）開始。按照順序進行，首先連結你的靈性自我，然後按照練習中的詳細說明練習，讓愛向外擴展，以正確的心境開始這一天。

如果你需要先閱讀有啟發性的東西以幫助你覺醒，並開始練習，你可以選擇閱讀本書的部分內容（或其他觸動你心靈的書籍），或者參考 www.sincerelylifeblog.com 上，我的**真誠，生活**部落格，在其中我寫的是生命之旅的指南。如果你有時間，並受到啟發想練習更多，請隨意從七至十章中挑選開始做其他的覺醒練習。

每一天練習的內容

除了按照下面每一天具體過程的大綱練習之外，每小時花一分鐘來記住並重新連結你當天的使命，讓無條件的愛可以藉此流通。它並不意味著你不關心你的工作或忽略你的職責；相反地，練習最重要的規則是保持正常，而不是「靈性的行為」，也不是假裝你不關心生活中看似世俗的事物。過靈性的生活，不是炫耀我們的靈性智能或蔑視實體世界，而是尊重你的工作和職責並盡力而為。尊重幻象，像正常人一樣行事。但在此過程培養一種心態，就是「我的使命是我的首要任務，無論今天發生什麼事，我都會把我的使命列為優先」。

你可能需要每小時設定鬧鐘，提醒你花一分鐘重新連結你的使命，但是儘管當天很忙，仍然努力地記住會更有價值。這種企圖心讓你更加投入這個過程，並真正將它列為優先任務。如果你發現錯過了每小時的重新連結，請不要因為覺得自己失敗了而責備自己，或者將剩下的練習棄置一邊。相反地，請以溫柔的慈悲原諒自己並繼續進行。在一天結束時，再決定繼續，或是重新做當天的練習。此外，如果有時間和私人空間，那麼你可以忘記時間，從七至十章開始做一個或多個覺醒練習。

結束每一天的方式

無論白天發生了什麼事，無論你在執行更深層的使命時，做得多好或多麼糟糕，在每天結束時，對自己付出最大的同情心，記住你身在人生的課堂裡，學習自然會犯錯。第二天重新投入你的使命，並在睡覺前進行第七章至第十章中的一個或多個覺醒練習，這樣你就可以重新獲得力量，而且平靜地入睡，並在第二天起床，有著新的使命感。

第一天

今天是要感謝生活中的人事物。以感恩的心情度過一整天，在生活中的眾生萬物中尋求良善，並在內心表達對它的感謝。試著對看似負面的事情表示最大的感激，無論它們多麼小或多麼大，因為它們是你轉化的最大催化劑。感謝並欣賞好的事情很容易，但對看似糟糕的行為也這麼做卻又是另外一回事，這正是為什麼它是真正成長的神奇催化劑。

第二天

今天是無條件地接受和不抗拒的一天，包括接受抗拒本身。以正念和接受的心境度過一整天，歡迎該來的。歡迎所有發生的事件（無論它們看起來好或不好），包括任何身體不適或疼痛，以及所有的想法和情緒。關注在你如何本能地想要抗拒你認為是負面的東西（無論是外在的、身體的、精神的，還是情緒的），而又歡迎並接受那種抗拒。也就是，如果你發現你正在抗拒某些東西，不要反抗（這只是增加更多阻力）而是歡迎它。

第三天

今天所發生的一切事情都是為了你的終極利益，是你的靈性自我明智的選擇，也是提供自己靈魂進化的最大催化劑。一整天都抱著這樣的觀點，並將看到的眾生萬物視為老師。一直想著在投胎輪迴到這一世之前，你選擇了所有的學習課程。這意味著你永遠不是受害者，因為無論發生什麼事情，不管好壞大小，你的靈性自我從更高的層次選擇它，知道這是為了你的終極利益。在今天和人的每一次互動、發生的事件中，都要抱持這個想法。

第四天

今天要練習的是超越表面，看見自己和每個人內心感到害怕和受傷的內心小孩，並對他們表示同情。一整天都看見你自己和其他人的內心小孩，每次和人的互動，尤其是令你沮喪的互動（不管是和認識的人，還是路上的其他駕駛），都要選擇超越表面並看到內心受傷的小孩。完完全全地想像每個人都是處於恐懼和痛苦中的小孩，並在精神上付出你的同情心。

對自己也要這樣做。任何時候有人做出使你產生負面情緒的事情（或不是與他人互動，只是因為環境而觸發），也要看看自己受傷的內在小孩，它舊有的痛苦因現在的事件而觸發，因此對它表示愛和同情。這表示，如果你碰巧無意識地回應，並用言語或行動傷害了某人時，不要批判自己，而是視為你受傷的內心小孩正猛烈回擊，你應該付出它所需要的愛。

第五天

今天是意識到未揭示的存在真相之日子。一整天都將每個人視為他們的靈性自我。雖然他們的實體自我可能說了或做了傷害你的事情，但請記住，這不是他們真正的自己。事實上，他們是充滿純粹的愛、光芒四射的非實體存有，他們的身體自我是他們選擇學習的催化劑，並提供給他人學習。要感謝他們為你提供的課程，同時看到他們實體樣貌背後的存在真相。

第六天

今天一整天請記著你是宇宙，從無限的角度體驗自己，你遇到的每個人實際上都是一個不同的、暫時的你。一整天都將每個人視為你。不斷提醒自己，你在本書中學到的真實物理現實，不要把每一個人都視為受他們物理身體所限制，而是視為一種能量，選擇成為看似具體化的東西，但它仍然超越物理身體，與一切合一，包括你。事實上，它不只是你的某個點，如果從更高層次的終極現實來看，它**就是**你。在這一天，愛你的每一層面，無論它們是如何地看似在幻象中。

第七天

今天是體現無條件的愛的一天。一整天都感受愛擁抱眾生萬物。請記著，超越幻象，唯一存在著的是無限的愛。傳送這樣的愛，讓自己成為被愛所包圍和傳送愛的工具，不要將自己視為你認為的身體，而是視為愛本身，一心想要奉獻自己。每當你發現你以身體特徵的角度看待自己時，溫和地表達愛，並透過它的眼睛了解愛會怎麼想？愛會怎麼說？它會如何對待他人，包括實體的你？今天，你都找到答案了。

覺醒的生活

如果你經歷了為期一週的覺醒過程，你一定會有充滿了愛、喜悅，平靜和敬畏等轉化的經驗。如果從現在開始你想過著這樣的生活，關鍵是不要將這個為期一週的練習當成一次性，然後又回到以前的生活方式。相反地，你可以每星期都練習。的確，覺醒不是目的地。這是一個美好的無休止過程，讓你愈來愈深入到永恆的中心，達到真正的自我。

因此，如果你的內心已經和這個過程有了共鳴，那麼傾聽它的呼喚，並投入這樣的生活方式，每週都練習，不斷地循環，每一個新的週期都會有更多的意識覺醒。因此，你不必為了獲得精神啟蒙而去朝聖，或者遠離塵世長期坐在山洞裡。相反地，你自身的生活就是學習的課程。你在世俗中過著正常的生活，但卻看清現實背後的真相。

你不必完全遵循我在此處所提供的為期一週的練習過程。你可以選擇任何能夠引起你靈魂共鳴的方式。如果你覺得其中一個或多個練習比較能夠引起共鳴，那麼就專注在這些練習上。如果其中一個作用很大，並且效果很好，那麼就每天隨意地練習，並透過它來觀察這個世界。具體內容並不重要，因為它都能夠讓我們達到目的。而那樣的生活將造福所有的生命，為太一無限愛人的造物主服務，還有什麼樣的生活能比這更美好呢？

在這個美好的覺醒之旅中，獻上我的愛。

參考書目

1 *2011. The 4 Percent Universe: Dark Matter, Dark Energy, and the Race to Discover the Rest of Reality.* Mariner Books, 理查德・帕內克（Richard Panek）

2 https://en.wikipedia.org/wiki/Double-slit_experiment

3 http://education.jlab.org/qa/how-much-of-an-atom-is-empty-space.html

4 http://www.symmetrymagazine.org/article/the-particle-physics-of-you

5 *2013. Why Quantum Physicists Create More Abundance,* 格雷格・庫恩（Greg Kuhn）

6 *2015. Shadows Before Dawn: Finding the Light of Self-Love Through Your Darkest Times.* Hay House, 提爾・史旺（Teal Swan）

7《源場：超自然關鍵報告》。橡實文化出版社，2012。大衛・威爾科克（David Wilcock）

8《發現雜誌》，2001/12：22（9），提姆・福爾格（Tim Folger）

9 一九四四年，馬克斯・普朗克以「物質的本質」（Das Wesen der Materie）為題，在義大利佛羅倫斯進行演講。Archiv zur Geschichte der Max-Planck-Gesellschaft, Abt. Va, Rep. 11 Planck, Nr. 1797

10「心靈宇宙」，二〇〇五年《自然》期刊：436（29），理查．康恩．亨利（Conn Henry, Richard）

11 *2003. Primary Perception*（本能感知）*: Biocommunication with Plants, Living Foods, and Human Cells. Anza, CA: White Rose Millennium Press.* 克利夫．貝克斯特（Cleve Backster）

12《植物的祕密生命：植物與人之間的身體，情感和精神關係的有趣故事》。臺灣商務出版社，1999。彼得．湯普金斯（Peter Tompkins），克里斯托弗．伯德（Christopher Bird）

13 *2001. Children Who Remember Previous Lives: A Question of Reincarnation. Jefferson, NC: McFarland.* 伊恩．史蒂文森（Ian Stevenson）

14《當你的小孩想起前世：兒童前世記憶的科學調查檔案》。人本自然出版社，2008 吉姆．B．塔克（Jim B. Tucker）

15《驚人的孩童前世記憶：我還記得「那個我」？精神醫學家見證生死轉換的超真實

兒童檔案》。大寫出版社，2014。吉姆・B・塔克（Jim B. Tucker）
16 論文〈和死亡者相符合的胎記和天生缺陷傷口〉，於普林斯頓大學的第十一屆科學探究學會年度會議發表，1992/6/11~6/13日，伊恩・史蒂文森（Ian Stevenson）
17《靈魂的旅程》。十方書有限公司，2012。麥可・紐頓（Michael Newton）
18《靈魂的命運》。十方書有限公司，2008。麥可・紐頓（Michael Newton）
19 *1988. Many Lives, Many Masters. New York: Simon & Schuster.* 布萊恩・魏斯（Brian Weiss）
20 *2013. Between Death and Life: Conversations with a Spirit. Ozark Mountain Publishing.* 朵洛莉絲・侃南（Delores Cannon）
21 http://www.huffingtonpost.com/george-musser/space-time-illusion_b_9703656.html
22《死後的世界》。商周出版社，2012。雷蒙・穆迪（Raymond. A Moody）
23〈什麼是瀕死經驗?〉，二〇一五年，瀕死經驗研究國際協會。最後更新：二〇一五年七月八日，http://iands.org/ndes/about-ndes/what-is-an-nde.html
24《天堂際遇：一位哈佛神經外科醫師與生命和解的奇蹟之旅。》究竟出版社，2013。伊本・亞歷山大（Eben Alexander）

25 http://science.time.com/2013/11/04/so-much-for-earth-being-special-there-could-be-20-billion-just-like-it/

26 一九九七年 . “The Last Pyramid.” 大衛・普瑞特（David Pratt）。最後更新：二〇一〇年八月。http://www.davidpratt.info/pyramid.htm

27 *2006. Secrets and Mysteries of the World. Hay House.* 蘇菲亞・布朗（Sylvia Browne）

28 http://www.ancient-code.com/25-facts-about-the-great-pyramid-of-giza/

29 http://science.nationalgeographic.com/science/archaeology/nasca-lines/

30 http://www.ibtimes.co.uk/worlds-biggest-monolithic-stone-block-discovered-baalbek-roman-sanctuary-lebanon-1478792

31 https://www.theguardian.com/film/2011/sep/29/mayan-documentary-alien-mexico

32 http://www.ancient-code.com/the-dogon-tribe-connection-sirius/

33 *2005. Creation: Towards a Theory of All Things. Booksurge Publishing.* 喬・烏瑪那（John Umana）

34 http://www.cropcirclesecrets.org/radioactive.html

35 電視節目超自然的邊界訪談尤蘭達・賈斯金（Yolanda Gaskins），在一九九六年五月九日播出。
36 https://www.youtube.com/watch?v=BF8eztsVr40
37 https://www.youtube.com/watch?v=nWTldrEYsoE
38 https://www.youtube.com/watch?v=TqahF0nb7rM
39 〈來自遙遠世界的飛碟〉：赫爾曼・奧伯特（Hermann Oberth）於一九五四年在《美國周刊》的星期日副刊所刊登。
40 *Thrive documentary. 2011. Clear Compass Media*
41 *First Contact documentary. 2016. Zia Films*
42 *1984. The Ra Material: An Ancient Astronaut Speaks. Whitford Press.* 唐・埃爾金斯（Don Elkins），詹姆斯・麥卡蒂（James McCarty），卡拉・雷克特（Carla Rueckert）
43 *2012. Dancing Past the Dark: Distressing Near-Death Experiences. Seattle: Amazon Digital Services.* 南西・埃文斯・布希（Nancy Evans Bush）
44《靈性揚升：宇宙正邪大戰關鍵報告（源場3）》。橡實文化出版社，2017。大衛・威爾科克（David Wilcock）

45《同步鍵：超宇宙意識關鍵報告（源場2）》。橡實文化出版社，2014。大衛・威爾科克（David Wilcock）

46「前十大科學證據，證明查爾斯・達爾文的進化理論是錯誤、不正確和不可能發生的」，肯・R・里斯克（Kent R. Rieske）在二〇一六年發表。二〇一六年十月二十日可上該網站 http://www.biblelife.org/evolution.htm 閱讀。

47 *Solar Revolution. 2012. Screen Addiction*

48 http://www.bbc.com/earth/story/20160318-why-there-might-be-many-more-universes-besides-our-own

49 https://en.wikipedia.org/wiki/Repetition_compulsion

覺醒練習 Reality Unveiled

出　　版／楓書坊文化出版社
地　　址／新北市板橋區信義路163巷3號10樓
郵政劃撥／19907596 楓書坊文化出版社
網　　址／www.maplebook.com.tw
電　　話／02-2957-6096
傳　　真／02-2957-6435
作　　者／紀亞德・瑪斯里
翻　　譯／賴柏任
企劃編輯／王瀅晴
審　　校／劉素芬
封面設計／賴佳韋
港澳經銷／泛華發行代理有限公司
定　　價／320元
出版日期／2019年10月

國家圖書館出版品預行編目資料

覺醒練習 / 紀亞德・瑪斯里作 ; 賴柏任譯
. -- 初版 . -- 新北市 : 楓書坊文化 ,
2019.10　面 ;　公分
譯自 : Reality unveiled
ISBN 978-986-377-525-6 (平裝)
1. 生命哲學 2. 靈修
191.91　　108014262